JN056498

ギルドマスター
ミルド
冒険者
ゴールド
character

最強の吸血鬼
クレア
ブラッドフェンリル
シュリ
魔物たちのリーダー
クロ

ある日、惰眠を貪っていたら一族から追放されて森に捨てられました

そのまま寝てたら周りが勝手に魔物の国を作ってたけど、私は気にせず今日も眠ります

白波ハクア

ぶんか社

CONTENTS

プロローグ

――私は睡眠が大好きだ。

――私は行動が大嫌いだ。


昔から私は、やる気というものが完全に欠けていた。

何かをしようとしてもすぐに面倒になって、どうでもよくなって……全てのことを途中で放り出してしまう。

食事中だってそう。

ご飯を食べながら目を瞑《つむ》っている、なんてこともよくあった。

そのくらいの堕落者《だらくしゃ》が私、クレアだ。

パパは「クレアの好きにやりなさい」と言って、いつも優しく笑いかけてくれた。

ママは……私を産んだ時に死んじゃったから、何も言葉を残してくれなかった。

私のやりたいことは、眠ることだ。

永遠に眠りたい。世界が眠るその時まで、静かな場所で眠り続けたい。

だから私は、眠り続けた。

この身が朽《く》ちるその時まで、私は眠り続けると決めたから。

第1章　追放されました？

「お前を一族から追放する！！！」

眠り続けてきた、ある日のこと。

屋敷全体を震《ふる》わせるほどの怒号《どごう》が、その部屋に響《ひび》き渡った。

「…………ん、……んにゅぅ……」

なに、うるさい。朝からギャーギャーと、耳障《みみざわ》りな声。

私は瞼《まぶた》だけを開いて、最低限の動きで声の発生源を探す…………見つけた。

私と同じ白い髪の、なんか、よぼよぼのお爺《じい》ちゃんだ。突っつけば倒れそうなくらい弱そうなのに、意外と元気そうに杖《つえ》を『バシバシ！』って地面に叩きつけている。

元気そうには見えない、実は元気なお爺ちゃん。

面白い人が、そこに立っていた。

「もう我慢《がまん》ならん！　我らの一族から追放する！　今すぐ出て行け！」

杖の先端《せんたん》をこっちに向けて、なぜか怒った様子のお爺ちゃん。

「大旦那《おおだんな》様！　お嬢様を追放だなんて、それだけは、それだけはお許しください！」

そんなお爺ちゃんに縋《すが》り付くのは、なんかどっかで見たことあるような人達。お爺ちゃんの腕に引っ付いて、何度も許しを乞《こ》うている。

でも、お爺ちゃんは顔を真っ赤にして、話を聞く様子はないみたい。

「えぇい！　うるさい！　こいつが『高貴なる夜の血族《クイーン》』だからと甘くしていたが、あいつが死んだ今、全ての決定権は儂《わし》にある！　クレアは一族の恥《はじ》！　この場をもって追放だ！　嫌だと言うのであれば、お前らも一緒に出て行け！」

――使用人が数人居なくなったところで、何も変わらん！

お爺ちゃんはそう言って、同じような服を着た人達は言葉を失くしていた。絶望しているのか、それとも話を聞かない老人に呆れたのか。

……理由なんてどうでもいいか。

他人の気持ちを考えるだけで面倒臭《めんどうくさ》い。……というか、さっきからうるさいなぁ。なんか偉そうに……まぁ、偉いからこういう態度がとれるんだろうけど、それでも人の迷惑ってものを考えてほしい。このお爺ちゃんは老害なのかな？　滅ぶ？

「クレア！　分かったらさっさと出て行け！」

「…………、…………」

「おい出て行けと言っているだろう！　なぜここまで言われて、まったく動こうとしないのだ！

……まさか、この儂の決定に逆らうつもりではないだろうな！」

「……………………………だれ？」

「「「…………………」」」

思わずポツリと漏らしてしまった言葉に、お爺ちゃんだけじゃなく、他の人達も驚いたように目を丸くさせていた。

「ふっ、ふふっ……言うに事欠《ことか》いて、誰と……この儂を、誰だと言いおったか……」

それまで騒《さわ》いでいたお爺ちゃんは俯《うつむ》き、その体を小刻《こきざ》みに震わせていた。

……寒いのかな？

「早く出て行け――この穀潰《ごくつぶ》しがァアアアアアアア！」

その瞬間、今日一番の怒号が響き渡った。

◆◇◆

私の名前はクレア。

クレア・クリムゾン。『高貴なる夜の血族』という分類？　の吸血鬼だ。

パパの言う通り、私がやりたいことをやり続けていたら、知らないお爺ちゃんに家を追い出されちゃった。

私が捨てられたのは、知らない森。

多分、お爺ちゃんの部下？　みたいな人に運ばれて、ポイッてされた。私は粗大《そだい》ゴミじゃないのに、酷《ひど》い人達だと思う。

「………………」

捨てられて日が沈んで、また日が昇る。

その間、私は、ただボーッとその場に座っていた。

ああ、もう……動くのも面倒臭い。ここはどこだろうとか、あのお爺ちゃんは誰だったんだろうとか、なんで追放されたんだろうとか、考えるだけで億劫《おっくう》だ。

「…………よいしょ、っと」

ひとまず、眠いから寝よう。

私はそう思って、とりあえずその場に寝転がってみた。

これが意外といい。地面はふさふさで、風に揺《ゆ》らぐ木々の音が心地良《ここちよ》かった。ここにお布団《ふとん》があれば完璧だったのに、私の抵抗虚《むな》しく全部引っぺがされちゃった。

あのお爺ちゃんは鬼《おに》だ。

そうじゃなきゃ、こんな非人道的《ひじんどうてき》なこと、できっこない。

今度会ったらお布団を取り返そうって、私はそう決意する。

もう一回お爺ちゃんに会いに行く気力も、お布団を取り返す余力《よりょく》もないけれど……。

「……まぁ、どうでもいいか」

自分の身に起こった出来事とやるべきことを放り捨てて、私は目を瞑った。

今は、睡眠が最優先。

私が欲しいのは、静かな場所と安眠《あんみん》できる環境だけ。

それ以外はいらない。ベッドがあればその上で眠る。場所が変わっても眠る。私はそれだけで十分だから……。

◆◇◆

木々の隙間から漏れる日の光。遠くから聞こえる、チュンチュンっていう小鳥のさえずり。

「……ふ、ぁ……は……あぇ？」

体を起こすと見慣れない光景がそこに広がっていて、私は首をかしげた。

ここ、どこだろう？

3分くらい止まって「ああ」と手を叩く。

「そうだった……追放？　されたんだっけ」

知らないお爺ちゃんに「追放だ～」って言われて、この森に捨てられたんだ。

どうして捨てられたのかは……まぁ、理解している。

私が何もせず、何百年もずっと眠っているから、そのお爺ちゃんは我慢ならなくなったんだと思う。それくらいの常識は分かる。直そうとしないだけ。

あのお爺ちゃんが誰なのかは結局分からなかったけど、偉そうに命令していたから、それなりに地位の高いところにいた人なのかな？

……偉い人と言えば、パパはどうしたんだろう？

パパは吸血鬼の中で一番偉い人だった。……領主《りょうしゅ》？　みたいな地位だって言っていたから、私達が住んでいた屋敷はすごく大きかったし、何かあれば必ずパパの決定が必要だった。

だからきっと……今回のことも、そうなんだと思う。

パパも、私の追放に賛成《さんせい》したのかな。

……そう考えると悲しいな。ママはすぐに死んじゃって、パパだけが私に残されたただ一人の家族だったから、私はパパのことが大好きだった。

でも、こうして追放されちゃったなら、仕方ないって割り切るしかないんだよね。

どうせ私は帰ることができない。

運ばれている間も寝ていたし、途中で起きても目は瞑ったまま、大人しく肩に担《かつ》がれていた。だから屋敷までの道を覚えていないし、覚えるのも面倒だった。

頑張《がんば》れば帰れるのかな？

でも、やっぱり……動きたくないな。

別に帰らなくても眠れるし、しばらくご飯を食べなくても、私は死ぬことがない。

私は『高貴なる夜の血族』っていう、吸血鬼の中でもかなり稀《まれ》な部類で、吸血鬼の弱点である『日光』と『聖属性《せいぞくせい》の魔法』に耐性《たいせい》がある。他にも色々な魔法と、斬撃《ざんげき》や打撃などの攻撃に対しても完全な耐性を持っている。

吸血鬼特有の再生能力のおかげで、腕を切り落とされてもすぐに再生するし、不老だから体が老いることも、寿命で死ぬこともない。

唯一気をつけるのは、定期的にご飯を摂取《せっしゅ》することだけ。

吸血鬼だから血を吸わなきゃいけないっていう認識が普通なのかもしれないけど、私は普通の人間が食べる物でも生き永らえることができる。

一番効率が良いのは『吸血』だけど、別に必須じゃないってだけ。お肉とか野菜とか普通に食べるし、ちゃんと料理すれば普通の食べ物も美味しいと思う。

「ふぁ……ぁぁ……」

色々と考え事をしていたら、また眠くなってきた。

私は大きな欠伸《あくび》を一回、ゴロンと横になる。

——ガサ、ガサ。

目を閉じると、周囲の音がよく聞こえてくる。

何かが草木をかき分けてこちらに近づく音と、そこから流れてくる魔力を感じて、私は一度閉じた瞼をゆっくりと開いた。

森には『魔物』が彷徨《さまよ》っているって、パパが昔教えてくれた。

それはどこから生まれているのか不明で、人間も亜人《あじん》も、同じ魔物だって見境《みさかい》なく襲いかかる。

だから魔物は、色々な種族から共通の敵として認識されているみたい。

その中には知能があって、人の言葉を話せる個体もいる。そういう魔物は知性も実力も兼ね備えていて、敵に回すと凄く厄介《やっかい》なんだって。

でも、問題ないかな。

私は『不死』に似たような体質だ。

噛み砕《くだ》かれても引き裂《さ》かれても、頭を潰《つぶ》されてもすぐに再生する。痛みも感じないから、パパから魔物の話を聞いた時も「へぇ〜、大変そうだなぁ」としか思わなかった。

だって、この世界に私を殺せる存在はいないから。

警戒《けいかい》する必要がないから、怖がる必要もない。だから私は、その場から動かず気配《けはい》を待ち続けた。

『何か』はゆっくりと私に近づいてくる。

流れてくる魔力からは、嫌な魔力——敵意を感じない。

「ぐるぅ……？」

やがて姿を現したのは、真っ白な獣だった。

本で読んだことがあるけど、多分『狼』っていう種族だっけ？

でも、本で読んだ狼は白くなかったし、もっと小さかった。この狼さんは私の身長の何倍もあって、私を丸呑《まるの》みできそうなくらい、大きな口が付いている。

あ、でも……その毛並みは触り心地が良さそう。

あれに包まれながら眠ったら、きっと熟睡できる。何日も眠り続けられる。睡眠歴５００年くらいの私が言うんだから、間違いない。

「っ、ぐるる」

そう思いながら手を伸ばしたら、狼は一歩後ろに下がった。

怖がらせちゃったかな。流石に初対面で触ろうとするのはマズかった。……反省。

「…………」

「…………」

触ろうとしたら警戒されるから、その代わりに狼を観察する。

やっぱり、本で読んだ狼よりも大きい。

狼っぽい見た目なのに、狼じゃないって変なの。……そういえばパパは、魔物はこの世界にいる野生生物と形が似ているって教えてくれたっけ。

なら、この狼さんも魔物なのかな？

「ぐるる」

「……？」

「ぐるる？」

「ごめんなさい。何言ってるか、分かんない」

「くーん……」

魔物は首を下げた。……なんか、しょんぼりしているみたい。

パパは、魔物は凶暴な個体が多いって言っていたけど、目の前の魔物は大人しくて、私に襲いかかってくるようには見えない。だから、珍しい魔物なのかな？　魔物じゃない可能性もあるけど、多分……この狼さんは魔物だと思う。

生き物には、『魔力』というものが絶対に流れている。

それは魔法を使うのに必要だったり、暗闇《くらやみ》を照らす光や火を起こすための道具に必要な燃料だったり。この世界で一番大切なモノだ。

この狼は、それが特に濃厚《のうこう》というか、ほとんどが魔力で形成されている……のかな？

……とても不思議。普通の生き物ではあり得ない。

でも、例外はある。

多くの魔力を取り込んでいる種族がいる。私達『吸血鬼』もそうだ。

それでも割合としては八割くらいの魔力構成なのに、この狼さんは、ほぼ全部と言ってもいいほど魔力で構成されている。

やっぱりあり得ない。

だから魔物なのかなと思ったけれど、言葉が通じないから確認も取れない。

…………んー、困った。

「ねぇ狼さん。あなたは、魔物？」

「ぐるる」

狼さんは頷《うなず》いた。

こっちの言葉は通じるみたい。でも、狼さんの言葉は分からない。不便。

「——あ、そうだ。狼さん。私と契約《けいやく》しない？」

「ぐるる？」

「契約。私と契約すれば、狼さんは強くなる。心も通じるようになるから、会話……できるようになる、かも？」

動くのは面倒だけど、言葉が通じないのはもっと面倒。だから狼さんと契約して話せるようになれば、そっちの方が楽だと思った。

『高貴なる夜の血族』は、自分より弱い存在と契約を結ぶことができる。

契約すれば凄く強くなって、意思疎通《いしそつう》も可能になる……らしい。契約をしたことがないから詳しくは知らないけれど、パパがそう教えてくれた。

「ぐるるる、くぅーん」

狼さんはその巨体を小さくさせた。物理的に。自由に伸縮《しんしゅく》可能みたい。面白いなって思うと同時に、やっぱり普通の狼じゃないんだなぁ……と理解する。

「それじゃ——受け入れて」

吸血鬼の上位種しか扱えない『血の契約』。方法はとても簡単で、契約したい相手に私の血を分け与えればいいだけ。後は相手が血を受け入れてくれれば、契約は成立する。

そして、私と狼さんの契約は無事に完了した。

二人の体がまばゆい光に包まれて、私にも力が流れ込んでくる。

「…………わぁ」

光が止んだ時、私は驚きの声を出した。

狼さんの毛色が、真っ白から、少し紫《むらさき》がかった黒色に変色していたから。

これには狼さんも驚きを隠せなかったのか、自分の体を見下ろして「ぐるる？」って首をこてんと横に倒している。

「【鑑定】」

名前：？？？
種族：ブラッドフェンリル

これは『血の契約』をした相手の情報だ。

名前が『？？？』になっているけど、この狼さんには名前がないんだと思う。

種族が『ブラッドフェンリル』になっていることが、多分、毛色の変化に関わっているのかな？

ブラッド。血っていう言葉があるから、毛色は赤くなるんじゃないの？

あ、でも……真っ赤な毛並みの狼さんとか不気味だよね。それならまだ紫に近い黒の方がカッコいいから、これで良かったのかも。

「狼さん。元の種族が、フェンリル？」

「ぐるる（うむ）」

頷いた。合っているみたい。

意思疎通もなんとなく……分かる。でも狼さんは実際に「うん」とは言っていなくて、私に分かりやすい解釈で伝えられているみたい。

だから、なんとなくだ。

「狼さん。ブラッドフェンリルって種族になっているけれど……多分、契約したことで種族が変わっちゃったみたい？」

「ぐる？（本当か？）」

「うん。違いとか、変なところとか、ある？」

「ぐるる。ぐるる（力が溢れている。感謝する、我が主《あるじ》）」

「主？」

「ぐるる？　ぐるるる（契約の主だろう？　だから我が主だ）」

「……うん。まぁ、別にいいや」

とりあえず、最初の目的だった意思疎通はできるようになった。

だから、まずはそのことを喜ぼう。……難しいことを考えるのは面倒だもん。

「私は寝る。おやすみ」

「ぐるる（ああ、おやすみ）」

久しぶりに動いたせいで、疲れちゃった。

それに、目を覚ましてから一時間以上が経っている。

……もう限界。そう思った途端に眠気が襲ってきて、私はそれに抗《あらが》うことなく静かに目を閉じた。

第2章　知らないところだった

私が目を覚ましたのは、見知らぬ部屋の中だった。

倒木《とうぼく》を積み上げてどうにか作ったような、自然味溢れる内装。それでも丁寧《ていねい》に作られているし、風が通らないようにと木々の隙間を藁《わら》で塞いでくれている。

作った人の苦労が窺えるお部屋だった。

私が住んでいた屋敷に、こんな部屋はなかったはず。

「…………ここ、どこだろう？」

周りを見渡して首をかしげる。

……やっぱり、知らない場所だ。

私の記憶が正しければ、私は森の中で眠っていたはずなのに、どうして建物の中に居るんだろう？

『起きたか』

脳裏《のうり》に直接響くような声が聞こえた。

そうしたら、部屋の入り口っぽい暖簾《のれん》から、黒い獣が入ってきた。

「あ、狼さん」

狼さんは、私が『血の契約』で下僕《げぼく》にした狼さんだった。

たしか種族名は――ブラッドフェンリル、だっけ？　……いちいち『ブラッド』を付けるのは面倒だから、呼ぶ時は『フェンリル』でいいや。

ここに狼さんが居るってことは、私をここに運んでくれたのは狼さんなのかな？

それを聞くと、狼さんは首を前に倒した。

『ああ、いつまでもあそこで眠っているのは危ないと判断し、安全な場所まで運ばせてもらった』

「…………そう」

屋敷に戻された可能性も考えたけれど、やっぱりそんなことはないらしい。

――私は、追放されたままだった。

ここまで来たら、もう受け入れるしかない。

私はもう屋敷に帰れなくて、この森の中で過ごしていくしかないんだって……。

「…………………」

『主？　どうした？』

「……んーん、なんでもない」

追放を言われて、森に捨てられた時から分かっていた。

でも、それを改めて理解すると……少しだけ胸が、チクッて痛くなった。

『主が置かれた境遇《きょうぐう》を、我は知らない。だから安易《あんい》なことを言うつもりもないが、我はすでに主と共にあることを誓った。……主は、一人ではない』

気遣《きづか》ってくれた、のかな？

まだ、私達は出会ったばかりなのに……優しいな。

「……そういえば狼さん。声、どうしたの？」

前は「ぐるる」という唸り声と一緒に、思念《しねん》みたいなものが流れてくる感じだったけれど、今は狼さんの言葉が直接届いているように聞こえる。

この脳裏に響くような声……ちょっと変な感じがする。

『主との契約が安定したのだろう。声を直接届けられるようになった』

「………へー、そうなんだ」

契約したばかりの頃は、まだ完全な言葉を理解できなかったけれど、契約が安定すれば他の魔物も、狼さんみたいに伝わるようになるのかな？

それが分かったのは、ちょっとした収穫かもしれない。

私は昔から、動物と仲良くなりたいと思っていた。だって、もふもふのお腹は手触りが良さそうだし、その上で眠ったら気持ち良さそうだなぁって、ずっと憧れていたから。

「ねぇ、狼さん」

『その狼さんというのは、やめてもらえないか？』

「え、だって……名前、あるの？」

『魔物は名前を持たない。だから、主が決めてくれ』

「………私が決めていいの？」

『ああ、我は主の眷属《けんぞく》だ。拒絶する訳がない』

名前……うーん、名前かぁ……。

どうせなら言いやすくて、分かりやすい名前がいいよね。

「じゃあ、クロ」

『…………………』

あれ？　不満そうだな。

「ダメ？」

『だめではない。主がそれで良いのなら、我は従おう』

「……そう。それじゃあ、狼さんの名前は――クロ」

黒いから、クロ。

呼びやすいし、覚えやすい。楽だからいい。

……うん、気に入った。

「ねぇ、クロ。ここはどこ？」

クロの名付けのことで忘れていたけど、ここがどこだかまだ知らないや。クロが運んでくれたみたいだから、多分安全な場所なんだと思う。

でも、森の中から建物の中に移動していたのは、少し驚いた。

『ここは我らの集落だ』

「…………集落？」

しゅうらく。集落。…………集落？

「集落、って……フェンリルの？」

『ああ、そうだ』

「魔物って集落、作るの？」

『住む場所がないと不便だろう？』

「ぐぅ、正論」

住むところが必要なのは、人も魔物も同じ。

まさか、それを魔物から言われるとは思わなかったな。

『と言っても、集落とは名ばかりの場所だがな』

「……そうなの？」

『ああ。ここは元々、我らの縄張《なわば》りだったのだ。我らは大陸を渡り歩きながら、適当に住みやすい場所を探し、そこに住み着く。それが我々フェンリルの生態だ』

大陸を渡り歩く。

すごく大変そうだけど、クロみたいな脚があれば簡単なのかな。

『そのため我らには建物が必要ないのだが、雨避けがなければ主が休めないと思い、仲間と協力して早急に組み立てたのだ』

「……そうなんだ。ありがとう。クロは凄いんだね」

私はお礼を言った。

本当はふかふかの寝床《ねどこ》さえあれば十分だけど、それでもクロ達は私のために頑張ってくれた。だから、お礼を言うのは当然だ。

『我が、主のためにしたかっただけだ。礼はいらない』

「…………うん」

クロはそう言っているけど、その尻尾はぶんぶんって元気に揺れていた。褒められて嬉しかったのかな？

口ではああ言っているのに態度で出るなんて、ちょっと……可愛いかも。

「ねぇ、クロにも仲間、居るの？」

『ああ、頼もしい仲間だ。我の他に三匹がこの集落に居る。……今は狩りに出ていて姿は見えないのだが、どうせすぐに帰ってくるだろう』

「三匹……少ないんだね」

『フェンリルは非常に珍しい魔物のため、個体数が少ないのだ。旅をするついでに同類を探しているのだが、今のところは見つけられていないな』

色々な大陸を歩くフェンリルでも、クロを含めて四匹しか見つけられていないんだ。

そう考えると、この森でクロと出会ったのは、すごい偶然だったのかも……。

「会ってみたい。……いい？」

『もちろんだ。皆も主に会いたがっていたからな』

私のお部屋はまだ狭いから、順位の高い順番から一匹ずつ挨拶《あいさつ》に来てもらった。

その際、自分とも契約してほしいってお願いされたから、私は全員と契約をした。

分かっていたことだけど、みんな名前が『ブラッドフェンリル』になっちゃって、黒色の毛並みに変化した。

白い毛も好きだったから、少し残念……。

◆◇◆

それから私は眠り続けた。

身の回りのお世話はクロ達がやってくれる……と言っても、その内容は簡単だ。

私が起きているかどうかの確認と、狩りで得られた食料の調理と運搬《うんぱん》、日替わりで私の抱《だ》き枕《まくら》になることの三つだけ。

私が必要以上にお世話しなくていいって言ったから、それ以外のことは何もしない。

屋敷でもそうだった。周りをちょこちょこと動き回られたら気持ち良く眠れないし、私は眠っているだけなんだから、お世話する必要はない。だからクロ達にも、代わる代《が》わる私を見守るだけで他は何もしないで……ってお願いしたの。

そうして静かに眠り続けていた私の耳に、騒ぎ声が入ってきた。

契約しているフェンリル達の気持ちも、いつもより昂《たか》ぶっているのを感じる。

これは『血の契約』の効果で、眷属の感情が私に流れ込んでくるんだ。

普段は勝手に流れ込まないように制限しているんだけど、それよりも大きな感情を抱いたら、制限を越えてこっちに来てしまう。

つまり、クロ達が荒れるほどの事態が、今起きているということで。

「……どうしたの？」

『さぁ？　外で何かあったのかしら？』

今日の抱き枕――ケフンケフン。

今日のフェンリルは、シュリ。

この子はフェンリル唯一の雌で、すごく優しい性格で……私のママがいたら、きっとこんな感じなのかなって勝手に思っている。

ちなみに、シュリは他と比べて特にもふもふで、触り心地が一番気持ちいい。

「クロ、ちょっと焦ってる……みたい？」

『そうなの？　……うーん、でもクレアちゃんは気にしなくていいのよ』

シュリは何も心配ないと言ってくれた。それは私を心配させないようにと気遣ってくれているのか、本当に何も問題ないと思っているのか。

でも、こんなに強くクロ達の感情が流れてくるんだから、大事になっているんだと思う。

『気になる？』

「気になる、けど……私は何もできないから、静かにしてる」

私は、防御面では最強だと思う。

吸血鬼の弱点である『日光』と『聖属性の魔法』に耐性を持っているし、それ以外の全ての攻撃には完全耐性があるからだ。

私を怪我させられる人は、まずいない。

でも、その代わりに得意な攻撃手段は、あまり持っていない。

唯一できることは殴るとか、蹴るとか？

だから私が行ったところで、何かが変わるとは思わない。むしろ邪魔になることは分かっている。

——だったら私は、私のために眠るだけだ。

『主！』

シュリのお腹に抱きついて、再び夢の中に行こうとしたところで、クロが慌てた様子で部屋に入ってきた。相当焦っているのかな。いつもは入室の許可を求めてくるのに、今日は扉を蹴破る勢いで入ってきた。

それにちょっとビックリしたけど、文句は言わない。

私が何か言うより早く、シュリが怒ったように声を荒げ始めたから。

『ちょっとクロ！　あんた急に入ってきて、クレアちゃんがびっくりしちゃうでしょ……！』

『あ、ああ、すまない』

「……ん、気にしてないよ。それで、どうしたの？」

クロが慌てているのは知っていたけど、まさか駆け込んでくるとは思っていなかった。

それほどの急用で、私に用があったってことだよね？

……どうしたんだろう？

『実は、他種族の魔物が、主の傘下《さんか》に加えさせてくれと申し出てきたのだ』

なんで私のところに？　って思った。でも、私がフェンリル達を従えているっていう噂《うわさ》が、この森に棲《す》む魔物達の間で流れたのなら、強い者に保護してほしいと思うのは当然なのかもしれない。

『傘下に、って……大丈夫なの？』

『分からない。だが、我らだけで決めることはできない。だから主に判断を委《ゆだ》ねるべきだと思ったのだが……主はどうしたい？』

……そっか。クロ達が騒いでいたのは、他の魔物がやって来たからなんだ。

私は納得して、三度、シュリのお腹に沈んだ。

「睡眠の邪魔《じゃま》……しないなら、好きにして」

そういうの、私には何が正しいのか分からない。私の判断とかどうでもいいから、勝手に決めて、好きにしてほしい。

その程度のことで――起こさないでほしい。

だから私は、突き放すようにそう答えた。

第3章　眷属がいっぱい

なんか最近、建物の外が騒がしくなったような気がする。

クロ達が騒いでいる訳じゃない。

でも、物音が立て続けに聞こえるようになった。

「……………うるさい」

『申し訳ありません、クレア様。もうしばらく我慢していただけると幸いです』

「…………むぅ」

不満を口にすると、すぐに謝罪《しゃざい》が頭上から降ってきた。

今日の当番はラルク。

この子は、彼らの中では比較的大人しい性格をしている。ラルクはフェンリルで一番若いみたいだけど、正直見た目だけじゃ分からない。

「みんな、何してるの?」

『新たに集落に加わる魔物を受け入れる準備を』

「魔物、むぅ……」

新しく集落に加わる魔物って、前にクロが言っていた魔物達のことなのかな。

だったら、文句は言えない。

好きにしてって言ったのは私だから、それで怒るのは理不尽《りふじん》だもん。

でも、そっか……準備をしているんだね。魔物だって建物が欲しいだろうし、きっとそのために色々と工夫して、魔物のための住処《すみか》を増やしているんだろうな。

……考えただけで大変そう。

それを全部任せているから、余計に文句なんて言えないや。

「いつからやってるの？」

『おそらく十日ほど前、でしょうか。……申し訳ありません。今まで日を数える習慣がなかったもので、正確な情報をお伝えできず』

「ん、大丈夫だよ。ありがとう」

魔物が人間のような生活をしないことくらい、私だって知っている。

急にそれと同じようにやろうって意識しても難しいだろうし、私だって寸分《すんぶん》の狂いがない正確な情報が欲しいとまでは思わない。

だから、だいたいこのくらい……が分かればそれでいい。

「……そっか。十日もやってるんだね」

フェンリルの四匹と、新しく傘下に加わろうとしてくれている大勢の魔物達。その全員で取り掛かっても、まだ準備は終わらないみたい。

手が足りてないのかな？

それとも、傘下に加わりたい魔物が多過ぎるのかな？

「数、いっぱい？」

『はい』

「大変なの？」

『何しろ専門家が居ないので、準備に多少の遅れが出ています』

「ラルクも手伝いに行って、いいよ？」

『いいえ。自分の本日の役目は、クレア様の護衛です。絶対に貴女から離れません』

「…………そう」

『何があっても絶対に離れないぞ』って、暗に言われちゃった。

思っていたよりも私は、みんなから大切に思われているみたい。契約の主だから贔屓《ひいき》されているだけかもしれないけれど、私は、それが少し……嬉しいと思った。

『クレア様は何も気にせず、好きなようにいてください』

ラルクはそう言って、私を包み込むように体を丸くさせた。もふもふの感触が気持ち良くて、私はまた――瞼が重くなった。

顔を埋めると、お日様の匂いがした。

それもまた安心する。不思議だ。吸血鬼は日光に関する全てのことが苦手なのに、私だけはこの匂いが大好きだから。

「……ぅん……おやすみ」

私はこの感情に身を委ねる。

やっぱり私は、眠ることが大好きなんだ。

『おやすみなさい、クレア様』

優しく囁《ささや》かれたその言葉を最後に、私の意識は深く、落ちていった。

◆◇◆

次に私が起きた時、部屋の入り口にクロがいた。

今日はクロが当番なのかなと思ったけど、違うとすぐに分かった。私を包み込んでいる温かくて柔らかい感触は、クロとは別にあったから。

……この感触、多分……シュリだ。

『あら、おはよう。クレアちゃん』

『おはよう。我が主』

「……ん、おはよう。シュリ、クロ」

やっぱりシュリだった。もふもふの手触りだけで今日の当番を判別できるくらい、私は長いことフェンリル達を抱き枕にして眠っている。

予想が当たったことが、ちょっとだけ嬉しい。

それだけ、私はみんなのことを理解しているってことだと思うから…………多分。

でも、今日の当番はシュリなのに、どうしてクロが居るんだろう？

『クレアちゃん。起きたばかりで悪いけど、クロから話があるみたいよ？』

「…………話？　なぁに？」

たぶん、何かの相談なのかな。

基本的なことは全部クロ達に任せているから、この前みたいに判断を仰《あお》がれても、私は何も答えられない。クロにもそう言ったはず。

それでも私のところに来たってことは、また何か……私の決定が必要なくらいの大きな問題が起きたのかな？

『実は、な……傘下に加わった魔物達から、一度でいいから主に会いたいと……』

「……面倒臭い」

『……………申し訳ない』

咄嗟《とっさ》に出ちゃった言葉は、私の本音。

正直に言っちゃえば、私に会ったところで何かが変わるとは思えない。

むしろ、私のことを見限るんじゃないかな。

だって、自分達が服従《ふくじゅう》する予定の上位者が、こんな体《てい》たらくなんだ。そのことを自覚していながら、ありのままの姿を晒《さら》している私を、誰が尊敬するんだろう？

折角《せっかく》、新しい魔物が傘下に加わったのに、離れて行っちゃうかもしれない。

そう思うと、ちょっとだけ悲しい。

……でも、別に問題ないかな。

クロ達が私を置いて、どこか遠くに行っちゃうのは嫌だけど、他の魔物とはそこまで深い交流がある訳じゃないから、勝手に見限って離れて行ったとしても、それは別にどうでもいい。

だったら、会う必要もないんじゃないかな？

私がここで「会いたくない」って言えば、クロはそんな我儘《わがまま》を聞いてくれる。

正直眠いし、考えるのも億劫になってきた。

ここは素直に拒否しよう。そう思ってゆっくりと口を開いた時、シュリにこう言われた。

『クレアちゃん。会っておいたほうがいいんじゃないかしら？』

「……どうして？」

『十分な利点があると思ったからよ。だから、たとえ面倒でも、魔物とは会っておいたほうがいいと思うの。……あ、でも。嫌なら別に無理をしなくてもいいわよ？』

会うだけで、それなりの利点がある。

私にはその理由が分からないけれど、シュリが適当なことを言っているようには見えない。

「でも私、うまくお話できないよ？」

『別に楽しくお話する必要はないわよ。クレアちゃんはただ会っておけばいいの。それだけで魔物達は満足するのよ』

「会うだけ？　そんなことに、意味……あるの？」

『もちろんあるわよ。私が保証するわ』

「………クロも？」

『ああ、そうだな。あいつらは主と話すのではなく、会うことを目的としていた。一目見るだけで満足するだろう』

二匹の意見を聞いても、やっぱり私には分からなかった。

でも、折角私のためを思って助言してくれたんだから、それを無下《むげ》に扱うのは少し違う気がする。

クロもシュリも、私のために頑張ってくれているんだ。

その二匹が口を揃えて『意味がある』って言うなら、私もそれを信じてみたい。

「ん、魔物達に会う」

魔物達と会うのは、その日のうちになった。

次に私が目を覚ますのがいつになるか分からないから、珍しく起きている今のうちに用事を済ませちゃおう、って考えたみたい。

そして今、私の前に跪《ひざまず》いているのは三匹の魔物。

彼らはそれぞれの種族の代表者らしくて、右からホブゴブリン、オーク、ワーウルフっていう、魔物の中ではあまり強くない部類だった。

「…………」

「……………………」

「…………………………」

誰も話さない。

そのせいで部屋は静寂に包まれている。

『クレアちゃんクレアちゃん』

それを見かねたシュリが、私の耳元で小さく囁いた。

『こういう場合、上の者が最初に挨拶するのよ』

「……え？　……えぇと、なんて言えばいいの？」

『適当でいいのよそんなもん。面倒だったら「あ」だけでも構わないわ』

シュリはそう言うけれど、流石にそれはダメだと思うよ？

でも、そっか。こういう時って、私が先に挨拶しなきゃダメなんだね。

「………えっと、こんにちは」

「「「――っ！」」」

途端に、三種族の魔物は体を大きく震わせた。

怖がらせちゃったかな。……威圧したつもりはなかったんだけどな。

「今日は来てくれて、ありがとう」

「ッ、フゴ！　ゴフ、フゴゴ！」

最初に口を開いたのは、オークの代表者。

この三種族の中ではオークが一番強い。だから先に話を切り出したのかな？

……でも、どうしよう。何言ってるか分からない。

『申し訳ありません。自分達は知能が弱く、いまだにクレア様のお言葉を理解できません』

「……え？」

言語が通じなくて困っていたところに、救いの手が降りてきた。

その声はシュリだ。

「シュリ、言葉……分かるの？」

『魔物の言葉ならある程度は理解しているわよ。私が通訳《つうやく》してあげるから、クレアちゃんは好きに話していいわよ』

「ん、ありがと」

弱い魔物は言葉を話せないし、他の言葉を理解することもできない。

それを忘れていたから焦ったけれど、シュリが通訳してくれるなら安心して話せる。

「フゴ、ゴフフ」

（此度《こたび》は我々の願いを聞き入れてくださり、感謝します）

「……ん、話は聞いてる。あなた達が、私の傘下に入るってことで、いいの？」

三匹の代表が頷いた。

「でも、私……何もできないよ？」

「ブフフ！　フゴフゴ、ブフフ」

（何を仰《おっしゃ》います。貴女様の魔力は、そこにあるだけで脅威《きょうい》です。我々は貴女様の参加に加われるだけで十分でございます）

代表オークは大きな鼻を鳴らしながら、興奮気味にそう言った。

私がそこに居るだけで、脅威？

……あまり実感は湧《わ》かないけれど、そうなのかな。

私は吸血鬼の最上位種で、この世界の誰よりも特別な存在だってことは、周りから何度も言い聞かされてきた。

でも正直、実感が湧かない。

これはオークだけじゃなくて、フェンリル達も同じことを感じているのかな。

「私はずっと眠っていたい。それが私の願い。その邪魔をしないなら、傘下に加わることを認めてあげる。……約束してくれる？」

「「「――っ！」」」

代表三匹は、それぞれ頭を下げた。

「フゴ。ブ、ブフゥ」

(我らオーク。数、50。貴女様に尽くします)

「ギギッ。ギ、グギャオ」

(ゴブリン。200。忠誠《ちゅうせい》を誓います)

「ぐるるる。アオーーーン!」

(ワーウルフ100。必ずお役に立ちます!)

まだ通訳が必要だったけれど、全員の気持ちは伝わった。

彼らがみんなと仲良くしてくれるように、良き仲間になってくれるように願う。

「ありがとう。これからもずっと居てくれるなら——受け入れて」

私は三つのお皿に血を垂《た》らして、それぞれに分け与える。

代表オークは『ブラッドオークジェネラル』に。

代表ゴブリンは『ブラッドホブゴブリン』に。

代表ワーウルフは『ブラッドハイウルフ』に。

こうして私は、新たな眷属を得たのだった。

◆◇◆

新しく私の眷属になった魔物達。

私と『血の契約』をしたことで、彼らはそれぞれの『進化』を遂《と》げた。

そのおかげで何倍も強くなったらしくて、私への多大な感謝の気持ちとして、今まで以上に働いて、みんなに貢献《こうけん》してくれている。

ついでに知性も身に付いたみたい。もう通訳がなくても言語を理解できるようになっただけじゃなく、クロ達と同じように普通の言葉まで喋《しゃべ》れるようになったとか。

私が起きた時、クロがそう教えてくれた。

その報告の中で私が驚いたのは、契約したのは三匹の代表だけだったのに、傘下に加わった三種族の全てが代表と同じ『進化』を遂げた……ということ。

そこでクロは『種族の強さによって変わるのではないか？』って予想したみたい。

クロ達、フェンリルは魔物の中では最上級の強さを持っていて、伝説上にしか存在しないと思われているほど、珍しい種族だ。

だから、個体ごとに契約する必要があった。

でも、今回契約したのは……魔物の中では底辺に位置する、弱い魔物達。

武力でどこかへ渡り歩くのは不可能で、どこか強いところの傘下に加わって、自分達の身の安全を保証してもらうしかできないような、か弱い魔物だ。

だから、契約によって私から流れた魔力を、個人だけでは受け止めきれなかった。

その結果、彼らの同族達に魔力が漏れ出して、直接契約した訳じゃないのに彼らと同じように進化したのでは？　って、クロが言っていた。

魔物が受け止めきれないほどの魔力が私から流れているのは、あまり実感が湧かない。

私は特別な吸血鬼だけど、一つの『個体』として珍しいだけで、そこまで強力なものではないって、今までそう思ってきたから。

まだ『血の契約』について分かっていないことは、いっぱいある。

でも、それを難しく考えるより、今は多くの戦力を得られたことを素直に喜ぼうと、みんなは思っているみたい。

私自身のことだから、気になるかと言われれば気になるけど……やっぱり、考えて何かいいものが思いつくとは思わない。

だから私も、みんなが強くなったことを素直に喜ぼうって思った。


「…………ん……ん、ぅ」

クロ達との出会い、魔物達との契約、そして進化。

——色々なことがあった。

そんな中、私だけは何も変わっていない。

満足するまで眠って、ちょっと起きて、すぐに眠くなって、目を閉じる。

そんな生活が何日間続いただろう。私は眠ってばかりだから、追放されてからどれくらい経ったかなんて、分からない。

でも、日を増すごとに、私の周囲が騒がしくなっていることだけは分かる。

それは煩《わずら》わしいとか、うるさいとか、文句を言う騒がしさじゃない。

みんなが楽しそうにしている。今に満足している。そんな騒がしさだから私も心地が良くなって、ちょっとだけ嬉しく思う。

集落のことは、相変わらずクロ達に任せっきりだ。

私が先頭に出たっていい案は思いつかないし、どうせ何もできない。

『高貴なる夜の血族』なんて大層《たいそう》な名は付いているけれど、私はただの無能だ。

でも、それをどうにかしようとは思わない。

面倒ってのもあるけど、やっぱり、それが私らしいと思うから……。

そう思ったから私は、私の集落のことを、クロ達に任せている。

私は何もできないけど、みんなが何不自由なく暮らしていける場所を作れるように、みんなが意見を出し合ってくれるのなら、それが一番いい。

だからこれは、単なる我儘なんだ。

「ねぇ、クロ……」

側に控《ひか》えるクロを呼ぶ。

『なんだ。我が主』

「私ね、お願いがあるの」

『主の願いならば、なんなりと』

私は憂鬱《ゆううつ》に腕を上げ、前を指差す。

その指の先には、数えきれないほどの魔物がいた。それらは皆同様に私のほうを向いて膝を折り、両手を合わせて祈るような格好をしている。

「私を崇《あが》めるの、やめてほしい」

何も分からない私でも、流石にこれは分かった。

――なんか崇められている。と。

私が眠っていた場所も、知らない間に変わっている。

以前は倒木を組み合わせた建物……と言っていいのか微妙なほどに小さな部屋の中だった。

なのに今、私が居るのは――大きな作りをした広間の、大きな階段の上。私が眠っている間に運ばれたみたいで、すぐ側には今日の抱き枕当番が横たわっている。

この目で実際に見たことはないけれど、『神殿』みたいだ。

神様みたいに崇められてるし、建物の内装がとても綺麗《きれい》だから、そうなのかなと思ったけど……

どうやら、それは間違いじゃなかったらしい。

『………できぬ』

「何なりと、って……言った」

『皆、主を崇めたいのだ』

「嬉しくない」

崇められるほど私は特別じゃない。

だから崇められても困る。……割と本気で。

「前みたいな場所が、好き」

クロ達は、私の『静かに眠りたい』というお願いだけは守ってくれている。

そのおかげか神殿の中は常に無音だ。

魔物達は、音を出さないように……と十分に気をつけて行動してくれているのか、神殿に入る時も祈る時も、祈りが終わって出て行く時も、その動きはゆっくりしている。

でも、問題はそこじゃない。

たとえ静かだったとしても、睡眠を邪魔されないとしても、無防備で寝ている姿を大勢の眷属に見られているのは少し……ううん。かなり恥《は》ずかしい。

私は、みんなの考えに口出ししないつもりだった。

それでも文句くらいは言わせてほしかった。

だからこれは、私の我儘なのかもしれない。

『……分かった』

私がはっきりと「嫌だ」って口にしたら、流石のクロも諦めてくれたみたい。

『ここには主の像を建て、祈りを捧げる場としよう』

でも、簡単に引き下がってくれるクロじゃなかった。

すでにクロの中では、私の石像を建てるっていう計画が着々と進められているんだと思う。それは嬉しそうに左右に揺れる尻尾を見れば簡単に分かることだった。

「…………好きにして」

石像も十分に恥ずかしいけれど、みんなはどうしても、私を崇めたいらしい。

なら私は、安全に眠れることだけを優先すればいいと諦めて、この神殿と建設予定の石像の存在を記憶から消すことにした。

その後、この神殿は改装され、本当に私の石像が建てられたらしい。

報告を聞いたのは、私が次に目を覚ました時だった。

――時すでに遅し。

私は諦め、ゆったりと瞼を閉じた。

◆◇◆

お日様が一番強くなる、お昼頃。

今、私の部屋には珍しく、フェンリル全員が揃っていた。

「食べたい、もの？」

『ああ、そうだ』

今よりちょっと前、私が目覚めたのと同時にクロ達がやって来た。

クロが枕当番以外のフェンリルを引き連れてくるのは珍しくて、また何かあったのかなって思っていたら、聞かれたのは『何か食べたいものはあるか？』という……なんか、すごく拍子抜《ひょうしぬ》けするものだった。

『それって、前に話してたやつ？』

何か思い当たる節があったのか、クロにそう聞いたのは、今日の枕当番のロームだ。

ロームはラルクの次に若くて、フェンリルの中では一番元気。いつも明るい口調で話してくれるし、面白いことを沢山知っているから、ロームとの会話は楽しいって思える。

この子の長所はそれだけじゃない。

ロームは戦闘面でもすごく頼りになるみたいで、単純な戦闘力だけを見れば、クロと並ぶくらい強いんだとか。枕当番以外の時は周囲の警備をしてくれていて、ロームのおかげで私達は今日も平和に過ごすことができているんだ。

「ローム。みんなで何か、話してたの？」

『そうだよー。やっと住居造りが落ち着いてきたからね。他の方面にも気を配ったほうがいいって話し合って、まずは食料面の問題から手を出すことが決まったんだ。俺達の予定が空き次第、姫様にこのことを報告しようと思っていたんだよ』

ロームは私のことを『姫様』って呼ぶ。

私は身分がある訳じゃないし、絵本で読んだお姫様みたいな上品さもない。なのに、ロームは私のことをそう呼ぶから、「どうして姫様なの？」と聞いたことがある。

『え？　姫様は姫様でしょ？』って当然のように言われて、ああ、もうそれでいいやって受け入れることにしたんだっけ。

――っと、話が逸《そ》れちゃった。

えぇと、そうだ。やっと魔物達の住処造りが落ち着いてきたから、次は食料面の問題をどうにかすることにしたんだっけ？

でも、食料面の問題って……何が問題なんだろう。

今のところ、みんなが飢《う》えている様子はない。ちゃんと食べられているみたいだし、そういった不満の感情が流れてきたこともなかった。

そう思っていたけれど、私が知らなかっただけで、実はギリギリのところを食い繋いでやっていたのかな？

「みんなのご飯、足りてないの？」

『そういう訳ではない。まだ十分な備蓄《びちく》はあるのだが、この森のことだ。いつ何が起こるか分からないため、余裕がある今のうちに食料を補充しておきたいのだ』

緊急時用のご飯調達ってことみたい。

最近は魔物が増えすぎたから、食料の消費量が馬鹿にならない。

貯蓄が底を尽きないようにクロ達が調整してくれているけど、急に問題が起こって何日も食料調達ができないことになったら大変。その時に焦って行動しても遅いから、いつ何があっても大丈夫なように準備を整えておきたい……ってことなのかな。

なら、木の実とか干し肉とか、なるべく長持ちしそうで、保存食にもなる物がいいよね。

「それで、私に食べたいものを聞きに来たの？」

『ああ、嫌いなものを食べさせるのは気が引けるからな。この機会に主の好物を聞いておきたいと思ったのだが、主は何が好きなのだ？』

――生き物の血。って答えたいところだけど、それは難しいと思う。

魔物にも血は流れているから、みんなから採取すればいいって言われるけれど、魔物の血は魔力が濃すぎて、はっきり言っちゃえば美味しくない。

例えるなら、調味料を入れ過ぎた料理。

塩とか砂糖とか。味付け程度に少しだけ入れればいいものを、その必要量の何倍も多く投げ入れちゃったような味に似ていて、口に含むだけで気分が悪くなる。

だから、申し訳ないけれど……魔物の血をご飯にするくらいなら、その日は何も口にしないほうが何倍もマシだと思う。

「美味しいものなら、なんでもいいよ？」

私はそう答えた。魔物の血以外なら、特に嫌いな食べ物はない。

野生動物の命を奪ったからお肉があって、農家の人達が苦労して作ってくれたから野菜がある。

だから好き嫌いなく食べなさいって、パパが教えてくれたから。

『その中でも特に好きなものはないのか？』

うーん、あるにはあるけれど……これは長持ちするものじゃない。

だからクロ達がやろうとしている、保存食の調達にはあまり向いてないと思う。

……でも、それを抜きにして私の大好物を言っていいなら、一つだけ。

「お魚、食べたい」

『魚？　主は魚が好きなのか？』

好き嫌いはないから、出されたものは基本、なんでも食べられる。

でも、一番好きなのは……お魚。

これが料理で出てきた時は嬉しくなっちゃう。

パパと、屋敷で働いていた使用人だけが知っている、私の大好きな食べ物。

「あ、でも……無理は」

『よし。それでは今から川に行こう。そこで魚を獲るぞ』

「……え？」

『いい提案ね！　すぐに行きましょ！』

「えっと、あの、保存食は」

『姫様、安心して！　沢山獲ってくるからね！』

『クレア様のために、この世界の魚を全て狩り尽くしてきます。しばしお待ちを』

「そんなにいらないよ？」

ああ、これはダメだ。

私のことになると目の前が見えなくなるやつだ。

「あの、ね？　お魚はすぐ腐っちゃうから、保存には向いてないと思うの」

大好物だけど、今回の問題解決にはならない。

そんなことに時間を割くくらいなら、もっと別の物を探しに行ったほうがいい。

『たとえ今回の目的には沿わなくとも関係ない。主の大好物なのだから、満足するまで食べてもらいたい。そう思うのは従者《じゅうしゃ》として当然のことだろう？』

いや、当然だと思われても……。

クロ以外も『うんうん』って頷いているし、私が間違ってるのかな？

『しかし、川か……たしか周辺付近に水辺があったな。そこに魚は生息しているのだろうか』

『ああ、そんな場所もあったわね。でも魚はどうだったかしら。……私達の中で周辺に詳しそうなのはロームよね。何か知ってる？』

『……どうだったかな。俺が行ったところには居なかったと思うけど、水は澄んでいたから、川を辿っていけば見つけられると思うよ？』

もう完全に当初の目的を見失ってる気がする。

でも、お魚か……。

あの日、追放された日から一度も、お魚を食べていない。……あの匂い。焼きあがったお魚の香ばしい匂いを思い出すだけで、お腹からきゅるるって変な音が出る。

「……塩焼き、食べたいな」

ボソッと呟いた言葉を、みんなはしっかりと聞いていた。

無意識に出た独り言を聞かれちゃったのと、その言葉が「塩焼き食べたい」っていう願望だったことで、恥ずかしさはもう限界。

「…………忘れて」

顔が赤くなるのを感じて、私はお布団に顔を埋める。

『そうか。主は魚の塩焼きをご所望《しょもう》か』

「……忘れてって、言ったのに」

クロは本当に意地悪だ。

「むぅ」

『そう睨《にら》まないでくれ。――そうだ。折角だから主も我々と一緒に行くか？』

「ん、私も？」

『魚は新鮮なものが最も美味しいと聞く。その場で獲ったばかりのものを焼いて、皆で食べよう。どうせなら他の調理方法も試してみるか』

「…………………」

『塩焼きに揚げ物、道具さえあればなんでも作れるぞ』

………ごくり。

『どうだ。主さえ良ければだが、一緒に行くか？』

クロのお誘いは、とても魅力的に聞こえた。

私は、なるべく動きたくない。ずっと眠り続けていられれば、それで満足だ……と、そう思っていたのに。あの匂いと味を思い出しちゃったせいで、今……すっごく食べたい。

『たまには外でお昼寝ってのも気持ちいいわよ』

『川の近くは空気も澄んでいるかと。きっと満足していただけるでしょう』

『姫様の護衛は任せて。髪の毛一本も触れさせないからさ！』

引き篭《こ》もりとお魚の間で揺れる私に、みんなが言葉を畳み掛ける。

お魚の塩焼き。色々な料理。川の近くでお昼寝……うぅ……。

「…………………く」

『ん？』

「……い、く！」


その翌日、私はクロ達と川に行くことになった。

目的は保存食の確保とお魚。それとお昼寝。

『クレアちゃん。準備はいいかしら？』

「ん、大丈夫」

『ハンカチやタオルは持った？』

「ん、持った」

『今日は日差しが強いから、ちゃんと帽子も被らないとダメよ？』

「ん、被った」

『もしかしたら汚れちゃうかもしれないし、着替えも用意してね』

「ん、持ってく」

久しぶりの外出だから、準備はしっかりやる。

持っていくものは最小限にして、行きと帰りの移動を楽に。持ち物の最終確認はシュリがやってくれるから、私は言われた物を取り出してシュリに見せる。

それを何回か繰り返して、ようやく『大丈夫』と太鼓判《たいこばん》を押してもらえた。

「川、お魚……」

獲ったばかりのお魚を、その場で焼いて食べる。

沢山獲って、沢山食べて、満足するまで食べた後は、みんなで一緒になって眠る。そう考えただけで、わくわくが止まらない。

ロームはそんな私に、楽しみか聞いてきた。

私は何度も首を上下に動かしながら、楽しみって答える。

『それじゃ、お留守番をお願いね』

『……………………………………ああ』

楽しい雰囲気には似合わない不機嫌な返事が、地の底から漏れ出たような重低音の唸り声に混ざって聞こえてきた。

その声の主は、ラルクだ。

ラルクは部屋の隅っこで丸くなりながら、クロ達のことを恨めしそうに睨んでいる。

「…………ラルク、ごめんね」

『あ、いえ！　クレア様が悪い訳では……！　仕方のないことですので！』

ラルクは今日、お留守番だ。

最初はみんなで一緒に行こうって話だったんだけど、私達が留守にしている間に何か問題が起こったら困るから、念のために最大戦力の一つは残して行ったほうがいいって、クロが提案した。

その結果、フェンリルの中で唯一、情報をいち早く伝えられる手段を持つラルクが、ここに残ってお留守番をすることになった。

それからラルクは、ずっとこんな調子だ。

私とのお出かけを楽しみにしていたのに、急にお留守番を言われたんだから、不機嫌になっちゃうのも仕方ない。

でも、私達の居場所を守ってもらうためには……お願いするしかないんだ。

「いっぱい、お魚持ってくるね」

『……クレア様』

「えっと、それとね。お留守番をしてくれたら、お礼も、する……」

これじゃダメかな。

これで機嫌を直してくれたら嬉しいんだけど。

『…………はぁ、クレア様に気を遣わせてしまった自分が情けない。……クレア様。俺のことは気にせず。どうか楽しんできてください』

「もう、怒ってない？」

『ちょっと不貞腐《ふてくさ》れていただけです。それほどにクレア様との外出が楽しみだった。共に行けないこと、本当に残念で仕方がありません』

ラルクの本心を聞いて、申し訳なくなる。

やっぱり、ラルクも一緒に……。

『ですが、クレア様のご褒美と聞いて俄然《がぜん》やる気が出ました。何をお願いしましょうか。それを考えるだけで心が躍ります』

「うっ……その、私ができる範囲で、ね？」

『もちろんです。クレア様に無理を言うくらいなら、この牙と爪を剥《は》ぎ取ったほうがマシです』

クロ達の牙と爪は、フェンリルの誇りみたいなものだって聞いた。

それを剥ぎ取るなんて……流石の私も、そこまでは望んでいない。でも、それくらい本気だってことは伝わった。

『クロ。クレア様のことは頼んだ』

『言われずとも。ラルクこそ、この場所を任せたぞ』

ラルクの説得も無事に終わって、私達は今度こそ外出の用意を終えた。

この場所から川には、だいたい一時間くらいで着くみたい。

その間、私はクロの背中で眠る。

私は動かないでいいって言われたから、移動は全部フェンリルに任せることにした。

だから多分、予定よりも早く到着できるかな？

『主、乗り心地はどうだ？』

「……すごく、もふもふ」

『そうか。それは良かった。眠ければ眠っていいぞ。着いたら起こす』

「ん、ありがと」

クロの背中は温かくて、もふもふで、極上のベッドみたいだった。

私が眠りやすいようにと気を遣って歩いてくれているのか、揺れはとても少ない。それでも多少の揺れはあるけれど、むしろそれが心地良い。

「ふ、ぁぁ……」

欠伸を一回。瞼を閉じて。

そこで私は、微睡《まどろ》みの中でお魚の夢を見た。私が水の中に居て、そこには沢山のお魚が泳いでいて、みんなで一緒に遊ぶ。そんな夢。

『主、着いたぞ』

「……んにゃ……？」

クロの声に目覚めると、すぐに綺麗な景色が目の前に飛び込んできた。

森の中に流れる川。膝下くらいの深さがある小さな川で、それを覗《のぞ》く私達の姿が鮮明に映るくらい、とても透《す》き通っている。

ラルクが言っていた通り、ここの空気は新鮮だ。

きっと、ここで眠ったら気持ちいいんだろうな。お腹いっぱいになるまでお魚を食べて、そのまま眠る。たまになら、何度かここに来るのもいいと思う。

でも、移動するのは面倒……。

フェンリルはみんな、いつも忙しくて、全員一緒にお出かけできる機会は少ない。お出かけする度に頼むのは気が引けちゃうけれど、クロは『気にするな』って言うんだろうな。

私のお願いなら、クロ達は無理をしてでも聞いてくれる。

だから、またここに来るかどうかは私の気持ち次第なんだけど……やっぱり、お出かけする度に起きて移動するのは面倒だし、たまにでいいかなって思う。

「………あ、お魚だ」

川の中まではっきり見えるから、お魚はすぐに見つけられた。

でも、少ない……？

「これじゃ、みんな食べられないね」

お腹いっぱいになるまで食べるのは無理そうだと分かって、少し残念な気持ちになる。

『……ふむ。ここは流れが遅く、場所が広い。もう少し上のほうに移動すれば、より多くの魚が生息しているだろう』

「そうなの？」

『外敵の居ない場所ならばその逆もあり得るが、ここは危険の多い森の中だ。魔物でもない野生生物が生き残れる場所ではないため、臆病な魚は身を隠せる岩場を好む。そのため流れが緩やかな場所より、白く波立つ上流付近のほうが、魚は多く集まりやすいのだ』

「……すごい。詳しいんだね」

これを博識《はくしき》って言うのかな。聞いているこっちが驚くくらい、クロは沢山のことを知っている。

私はその逆で、この世界の常識を何も知らないから、すごく頼りになるんだ。

でも、お魚のことまで詳しいなんて知らなかった。

私達が出会う前に、色々な場所を歩き回っていたおかげなのかな。

……やっぱり、クロはすごいな。

『ふふっ、これが努力の賜物《たまもの》ってやつかしら。……良かったわねぇ、クロ？』

『う、うるさいぞ。シュリ』

シュリは意味深に笑って、クロが咄嗟に顔を背けた。

二匹の間には、なんとも言えない微妙な空気が流れている。恥ずかしそうな、気まずそうな、何かを必死に隠したいって雰囲気で……ちょっと変な感じ。

「何かあったの？」

『実はね？　こいつ、クレアちゃんの好物が魚だと分かった途端《とたん》に、他の魔物から魚の生態について色々と聞き回っていたのよ』

『っ、シュリ！』

『私達フェンリルは基本肉食だし、かなりの量を食べるの。……ほら、魚って美味しいけれど、体は小さいでしょう？　だから魚だけでは腹が満たされなくて、今まで好き好んで魚を狩ってこなかったのよ』

確かにフェンリルがお魚を食べている姿は、あまり想像できない。

お魚や野菜より、大きなお肉をいっぱい食べている姿のほうが……まだしっくりくる。

『それに私達はなんとなくで森に寄ったばかりだから、あまりこの森の地形や、ここの生き物の生態を知らないのよ。そういう知識は元々森に住んでいた魔物のほうが詳しいでしょう？　だからクロは、頭を下げてまで必死に勉強していたのよ。クレアちゃんのためにね』

「………私のために？」

『そうよ。全てはクレアちゃんが満足できるように、って』

クロを見る。

すると、恥ずかしそうに目を逸らされた。

「クロ、ありがとう」

『……我は、我のやりたいようにやっただけだぞ』

「うん。それでも、ありがとう」

クロが必死にお勉強してくれたおかげで、私はお魚を食べられる。

だから、お礼を言うのは当たり前。

『クロったら大事な場面で恥ずかしがっちゃって……勿体ないわね』

『見ているこっちが恥ずかしいっての。これを臆病者って言うのか、それとも小心者って言うのか……ほんと、姫様の前では威厳《いげん》の「い」の字もないよね』

『う、うるさいぞお前ら！　ほら、さっさと移動するぞ！　主にこれ以上、空腹のまま我慢させるつもりか！　――ったく！』

鼻息は荒く、足取りは慎重に。

私が背中に乗っているから揺れないように、って気をつけてくれているのかな。でも口調と行動があまりにも違いすぎて、それが少し……面白かった。

『楽しそうだね。姫様』

「……たのしい？」

『そうだよ。今の姫様、笑っているからさ』

言われて気がつく。

口角《こうかく》は自然とつり上がっていて、顔はちょっとだけ熱い。

——これが『楽しい』なのかな。

私は今まで、そういう感情を知らなかった。

睡眠は心が休まって安心できる。でも、それを楽しいって思ったことはない。

「…………ん、楽しい……かも」

大好きだった睡眠とは、また違う。心から安心できる温かなものじゃなくて、体の奥底がぽかぽかしてくるような気持ちの高まり。

もし、これが本当の『楽しい』なら——悪くない。

やっぱり一番は睡眠だけど、こういう感情も、みんなと一緒なら好きになれると思う。

『主に楽しいと思ってもらえたならば、それだけで外出した甲斐《かい》があったな』

『たまにはお出かけも悪くないわね。……とは言え、この森じゃなかったらその機会は一生なかったでしょうけれど』

「？　どういう意味？」

『この森――モラナ大樹海という場所は少し特殊なのよ。まず森が大きくて区間が東西南北、中央の五つに分けられているの』

『俺達が居るのは中央。特に危険な魔物が生息している場所で、人間はまず中央に近寄ろうともしないんだ。だから、敵対している人間と遭遇する可能性はほとんどなくて、おかげで姫様とこうしてお出かけできているって訳』

その話、聞いたことがある。

この森はとにかく広くて、だから『大樹海』という名前が付いているって。

中央に近づけば近づくほど魔物は凶暴になっていて、逆に森の入り口付近が近ければ生息している魔物は弱くなる。

だから人間は、森の入り口付近にしか足を踏み入れない。

それ以上進んだら死ぬと分かっているから、人も魔物も種族を問わず、弱いものは絶対、中央に入らないように注意しているんだって、パパが教えてくれたんだ。

……でも、そっか。私はその一番危険な中央に捨てられたのか。

お爺ちゃんはそれを知っていながら、私をここに捨ててくるよう命令したのかな。

その予想が間違いじゃなかったら、それは明らかな悪意だ。

私に二度と帰ってきてほしくないから。あわよくば魔物に殺されてほしいから。そう思って中央に捨てられたのなら――嫌だな。

『主。どうした？』

「っ、ん……なんでもない」

『そんなに暗い顔をして、なんでもない訳あるか』

そう指摘されて、私は黙る。

さっきまで考えていたことが顔に出ていたみたい。折角の楽しい雰囲気だったのに、私が余計なことを考えたせいで、クロ達を心配させちゃった。

「ううん。大丈夫だよ。……大丈夫」

『……そうか。何かあれば我らに言ってくれ。我らは如何《いか》なる時も、主の味方だ』

クロ達にとっては当然の言葉だったのかもしれない。

でも私は、その言葉だけで嬉しくなった。

嫌な気持ちを切り替えて、目の前の楽しいことに集中しようと思えるくらいには、クロの言葉は温かく……私の中に入ってきた。

『まぁ姫様に逆らう愚かな魔物はいないだろうし、人間も中央には寄り付かない。万が一に何か問題が起こっても俺達が側に居るよ』

『クレアちゃんのことは何があっても、絶対に守ってあげるからね。フェンリルはこの森で一番強いんだから。人間だろうと魔物だろうと、私達が蹴散らしてあげるわ』

「……うん。ロームもシュリも、ありがとね」

私を安心させようとしてくれているのか、二匹は私に擦り寄ってきた。

ありがとうって気持ちを込めながら頭を撫でると、二匹は気持ち良さそうに目を細めて、大きな尻尾をぶんぶんと左右に振る。

その様子をクロは羨ましそうに見てきたから、仲間外れにしないでクロの頭も撫でる。

そんなことを繰り返しているうちに、私達はようやく、目的の場所まで辿り着いた。

『……ふむ。ここならば魚も大量に獲れるだろう』

最初の場所に比べたら、流れがとても速い。

水は相変わらず透き通って居るけれど、白波が強くて水の中はよく見えない。

……本当に、こんなところにお魚がいるのかな。

クロは、ここに魚が居るって自信があるみたい。

シュリもロームもやる気満々で、それぞれが担当する位置を話し合って決めている。

『主はここで休んでいてくれ。すぐに魚を獲ってくる』

荷物の中にあった分厚い布を平らな地面に敷いて、私はそこに座る。

私も魚を獲ってみたいと思ったけれど、クロ達から『危険だ』とか『川に流されたらどうする』とか……とにかく色々と猛反対されちゃった。

だから、私の仕事はクロ達の応援だ。

お魚を頑張って獲ろうとしているクロ達を見守りながら応援する。でも、大きな音を出すとお魚がびっくりして逃げちゃうみたいだから、静かに応援するの。

「頑張ってね。みんな」

クロ達がどんな狩りをするのか、気になるな。

人間は釣り道具という物を使って魚を獲るみたい。その道具があれば、私も安全なところからお魚を獲れたんだけど……残念ながら、そういう名前の道具は手元にない。

『では、やるぞ』

お魚を刺激しないように、ゆっくりと川の中央に移動するクロ。

シュリとロームは、そんなクロを挟むように川の両端を陣取っている。

『――ッ――！』

数秒間の集中。クロはカッと目を見開いて、魔力を解放した。

クロを中心に広がる魔力の波紋。それは私ですら一瞬眠気を忘れるほどの圧力になって、澄み切った川や生い茂る木々、空気――周囲に存在する全てのものを振動させた。

肌がひりつく。

心臓を掴まれたような感覚は、初めて……。

「…………あ」

私は川を指差して、間抜けな声を出す。

それまで全然姿が見えなかったお魚が、ぷくーって浮き上がってきたから。

クロの圧に当てられて気絶しちゃったのか、お魚は動かない。その隙にクロ達が流れてきたお魚を前脚で岸のほうに弾き飛ばしている。

ぽんぽん、って次々と私の前に積み重なるお魚。

これを全部食べていいんだって考えただけで、すっごくお腹が空く。

『……ふむ。これくらいか』

しばらくクロ達の狩りが続いて、両手で抱えられないくらいにお魚が獲れた。

これならお腹いっぱいになるまで食べられそう。

……塩焼き。

『もう我慢できないみたいね……ふふ、早速調理しちゃいましょうか』

「ん、食べる」

　でも、どうやって料理するんだろう。

　私は一人で料理をしたことがないし、クロ達はお肉をそのまま食べていただろうから、当然料理なんてしたことないよね。

　どうしよう。想像だけで頑張って作ってみる……？

『ふっふっふっ、安心してクレアちゃん！　こういう時もあるかと思って、実は密かに料理を練習していたのよ！』

「……え、そうなの？」

『料理が得意な魔物が居てね。その子から色々と教わったの。まだ刃物の扱いには慣れていないから、見た目は不恰好《ぶかっこう》かもしれないけれど……昨日やっと合格を貰えたから味は保証するわ！』

「おおー」

　これは素直に拍手をする。

　刃物を器用に扱える人型の魔物じゃないと難しいはずなのに、シュリは頑張って料理を練習してくれたんだ。

『それじゃ、料理ができるまで俺は周囲を見張っておくよ。ついでに木の実も採ってくるね』

『我も行こう。シュリ、ここは任せた』

『はーい。気をつけて行くのよー』

　右にロームが、左にクロが。それぞれ散らばって行った。

それを見送ってから、私達も料理の準備に取り掛かる。

『さて、と。それじゃあ早速、調理するわね。まずは塩焼きがいいかしら？』

「うん。……私も、何かお手伝いする」

『え？　いいのよ、気を遣わなくても。クレアちゃんのために作るんだから、クレアちゃんは料理が出来上がるまで休んでなさい』

「んーん。私も一緒に作りたい。……だめ？」

クロもシュリもロームも、お留守番をしてくれているラルクも、それぞれの役割をやり遂げようと動いてくれている。

だから、私もお手伝いしたい。

どうせなら一緒に作って、一緒に食べたほうが美味しくなると思うから。

『そこまでお願いされたら……仕方ないわね。でも、刃物は危ないから私がやるわね。クレアちゃんは洗った魚に串を刺してくれる？　刺さらないように気をつけるのよ』

「分かった」

シュリが洗ったお魚と長い串を受け取って、順番に口から刺していく。

終わったものはお盆に並べて、大体20匹くらいかな？　沢山のお魚を串刺しにして、綺麗に積み上がったお魚を見ていると、やりきったなって満足感を覚える。

『あら、綺麗にできたわね』

「ん、頑張った」

『おかげで楽できたわ。ありがとね』

お礼を言いながら、シュリは顔を擦り付けてきた。

これで少しはシュリのお手伝いができたと思うと、嬉しくなった。

『次は一緒にこれを焼きましょうね。クレアちゃんが用意してくれた魚に塩を沢山塗り込んで、こうやって薪《たきぎ》に近づけるように並べるの』

火傷に気をつけながら、見様見真似で並べていく。

私がお手伝いした全部のお魚を並べ終わったら、シュリはすぐに次の料理に取り掛かった。

「後は何を作るの？」

『うーん。そうねぇ……残った半分は油で揚げて、残りの半分はお刺身にしようかしら』

「お刺身……？」

『魚を捌《さば》いて、そのまま食べるの』

「生で食べるの？」

それって美味しいのかな……。

生物《なまもの》は今まで、どれも火を通して料理するのが当たり前だと思っていたから、そのまま食べるっていう発想がなかった。

初めての体験。正直ドキドキしている。

でも、シュリが美味しいって言うなら、食べてみたいかも。

『本当はお刺身に合う調味料があって、それをつけて食べるともっと美味しいらしいのだけれど……残念ながら、それは人間の国にしか売ってないのよ。だからまた今度の機会に、ね』

軽い雑談を交えながら、シュリはお魚を捌いていく。

それはフェンリルの体格なんて気にさせないくらいの自然な手捌きで、料理のことをまったく知らない私でも、思わず見入ってしまうほどだった。

きっと、沢山練習してくれたんだろうな。

「シュリは、すごいんだね」

『え？　ちょっとどうしたの？　急に言われると照れるじゃない』

「んー、そう思ったから言っただけ」

何かに頑張れるだけで、それはきっと凄いことなんだ。

だってそれは、私には難しいことだから……。

何かしたいとは思っても、面倒臭いなって気持ちのほうが優先されちゃう。それくらい堕落している私は、誰かに手伝ってもらわなきゃ何もできないんだ。

だから、目標を持って何かをしたいと思えるのは、凄いことだと思う。

『私なんてまだまだだよ。だってまだ一度も料理を教えてくれた子に勝ててないもの』

「それは、体格があるから仕方ないと思う」

『……いいえ。たとえそうでも諦めたくないのよ。だって負けるのは悔しいでしょう？　だから、いつか絶対に料理の腕前で勝ってみせる。それが今の私の目標よ』

シュリは負けず嫌いなんだね。

圧倒的に不利な状況でも、負けたくないから頑張る。

でも、どうしてだろう。

「……どうして、そこまで頑張れるの？」

それは、ただの負けず嫌いだけじゃないような気がする。

もっと他にも、シュリを突き動かす何かがあるように思えたから、私はそう問いかけた。

『どうしてかしら…………うん。きっと楽しいからね』

「……楽しぃ？」

『クレアちゃんと出会う前、私達は戦い以外のことを知らなかったわ。……ううん。知っていてもやろうとしなかった。それは無駄な行為だと思っていたから』

でもね、とシュリは言葉を続ける。

『クレアちゃんの側に居ることで初めて、私達は色々なことを覚えたいと思うようになった。沢山の魔物と関わって、お互いに協力しあって……これが平和なんだって分かったのよ。

それまで戦うことしか考えていなかった私達には良い刺激になったわ。だから戦う以外のことをやるだけで、心から楽しいと思えるようになった。色々なことで頑張れるのは、それが理由だからだと思うわ』

フェンリルや、他のみんなは魔物だ。

身の回りの生活なんて最低限でよくて、後は人間や他の魔物と戦ってばかり。それとは全く違う生活が刺激になったから、みんなは頑張ってくれている。

私だけじゃない。シュリ達も、今の生活を気に入ってくれている……のかな。

…………そうだと嬉しいな。

『でも、そう強がったところで不便なのには変わりないのよねぇ。不思議だわ。自分の体がここまでやりづらいと感じるなんて……』

と、シュリは小さな溜め息を吐き出した。

『せめて人間と同じ手があれば、もっと色々なことができたのに』

フェンリルに人間の手……。

想像したら気持ち悪い生き物ができたから、頭を振り回ってそれを脳内から追い出す。

「……そうだ。ドラゴンみたいに、人になれないの？」

『無理ね。ドラゴンは魔力操作が得意だから魔法で人の姿になれるけれど、私達は身体能力だけに特化した魔物なの。魔力の扱いは不得意なのよ』

「……そっかぁ」

昔、ドラゴンが人の姿になって人里に降りる話を絵本で読んだことがある。

それと同じことができればと思ったんだけど……残念。

『ほんと、それこそ奇跡が起こらない限りは不可能でしょうね……』

もしそれが叶ったら、シュリは喜んでくれるのかな。

今まで慣れ親しんだ姿じゃない、全く別の姿になっても、それって嬉しいことなのかな。

考えると怖い。

自分が自分じゃなくなりそうだから、私は今のままでいいかなって思う。

でも、それがシュリの望みなら、私は応援したい。

『まぁ無い物ねだりはここまでにして、そろそろ料理が出来上がるから、ちょっとだけお手伝いをお願いしていいかしら？』

「ん、やる」

大きな荷物から取り出したのは、組み立て式の小さな机。

私達が川に行ってお魚を食べることを聞いた物作りの得意な眷属達が、特別に夜通しで作ってくれたらしい。

私一人だけでも怪我しないようにって設計されているみたいで、紙に書いてある手順通りにやるだけで本当に簡単に組み立てることができた。

その上にお皿を並べる。

ちゃんとお水で綺麗に洗ったから、衛生面……だっけ？　それもバッチリ。

「ん、終わった」

『ありがと。後はこっちで盛り付けをするから、クレアちゃんはまだ辺りをほっつき歩いている二匹を呼んでくれる？』

「………えっと、どうやって？」

『適当に名前を呼べばすぐに戻ってくるわよ。あいつら、クレアちゃんの呼びかけは絶対に聞き逃さないから。私が呼ぶよりも確実よ』

そう言われても、本当にそれで大丈夫なのかなって不安になる。

私は大声を出すのが苦手だ。

すぐに喉が痛くなっちゃうし、そもそも声に覇気《はき》がないから遠くまで届かない。

「クロー、ロームー、ご飯だよー」

ダメ元で呼んでみる。

やっぱり大声は出せなかったけれど、これで届くの――――。

『呼んだか』

『ただいまー』

来た。しかも本当に早い。

名前を呼んでから3秒も経ってないのに、気がついたら私の前に居た。音も気配もそれまで分からなかったのに、まるで瞬間移動したみたいだ。

そんな二匹の側には、沢山の木の実が積まれている。

味に飽《あ》きないようにって考えてくれたのか、色々な種類があって、どれも美味しそう。

「おかえりなさい。周りは大丈夫だった？」

『俺達に怯えているのか、動物も魔物も周辺に居なかったよ。さっきクロが放った威圧が効いたのかもね』

『そのおかげで木の実の収穫に専念できた。どれも美味だぞ』

「ん、ありがとう。大切に食べるね」

木の実を両手いっぱいに抱えて、それを机に運ぶ。

これでお魚と木の実が揃って、思っていたよりも量が多くなっちゃった。食べきれるか不安だけど、その時は大切に持ち帰ってちょっとずつ食べよう。

『さぁさぁ、ご飯の時間よ。今日はクレアちゃんも手伝ってくれたのよ？』

『姫様偉いねー。どれを手伝ったの？』

「……えっと、お魚に串を刺して、お皿も洗ったよ」

『それは凄い。主も頑張ってくれたのだな』

『本当よ。手伝ってくれて助かったわぁ。ありがとね、クレアちゃん！』

「ん、どういたしまして」

シュリがやったことに比べれば、私のお手伝いなんて小さいものだ。

でも、それで少しでも負担を減らせたなら、頑張って良かったなって……そう思う。

『今日はクレアちゃんご希望の塩焼きとお刺身よ。調理できない小魚は油で揚げて、そのまま食べられるようにしたわ』

クロ達が頑張ってくれたおかげで、お魚がいっぱい。

最初はこんなに収穫できると思っていなかったから、すごく嬉しい。

『主ももう我慢できないようだな』

お魚料理を凝視していたら、そう言われた。

久しぶりの大好物だから今すぐに食べたい。それが顔に分かりやすく出ていたみたいで、クロ達に笑われちゃった。

『そうね。私達も動いてお腹が空いたし、冷める前に食べちゃいましょ』

塩焼きを手に取る。

お刺身も素揚げも食べたいけれど、やっぱり最初はこれ。

『それじゃあクレアちゃん。両手を合わせて』

「ん、いただきます」

『はい。いただきます。骨が刺さらないように気をつけて食べるのよ』

お魚のお腹に噛み付く。

すると一気に香ばしい匂いが口全体に広がった。

久しぶりに食べたお魚と、程よい塩の味付け。……すごく美味しい。

『ああ、見て……クレアちゃんがほわほわしてるわ』

『あれは破壊力が強すぎるな。我らではなかったら耐えられなかった』

『なんでだろう。あの顔を見ているだけで、今までの疲れが吹っ飛ぶようだよ。……ラルクは恨むだろうね。これを見逃したんだからさ』

クロ達が何か言ってる。

でも、私は久しぶりに食べるお魚に夢中で、それを聞き逃しちゃった。

「？　みんなどうしたの？」

『なんでもない。……どうだ。美味しいか？』

「ん。すっごく」

『それは良かった。まだまだ魚はあるからな。遠慮せずに食べてくれ』

『お刺身と素揚げも食べてみてね』

お魚を生で食べるのは初めて。

それは白かったり赤かったり。お魚によって違うのかな？　今までそういうのを気にしたことがなかったから、お刺身を見て初めて、中身にも種類があることに気がつけた。

どっちが美味しいのか分からないから、赤いほうをお箸で掴む。

「………あむっ」

口に入れて何回か咀嚼《そしゃく》して、目を開く。

『どう？　美味しい？』

「……ん、うん……これも好き」

生のお魚はちょっとだけ臭みがあるけれど、嫌だと思うほどじゃない。焼いたお魚も美味しかったけれど、こっちもまた別の味が楽しめていい。

どっちが美味しいかと言われたら……悩む。

匂いは焼いたお魚のほうが好きだけど、食感はお刺身のほうが好き。

それに、今はお刺身専用の調味料がない。何もない状態でこんなに美味しいんだから、それがあればもっと美味しくなるのかな。

……気になる。

でも、それは多分人間の街に売っているはずだから、難しい……かな。

『本当はもっと色々な料理を出してあげたかったのだけれど、まだ刃物の扱いに慣れたばかりなのよ。次は沢山覚えておくから、楽しみに待っててね』

「ん、楽しみ」

シュリの料理の腕は、すごく上手なんだって分かった。

だから、次はどんな料理を作ってくれるんだろうって、今からわくわくしている自分が居る。

「また、みんなで来たいな」

『……そうだな。今度はより多くの仲間と共に来るとしよう』

あの場所は、今よりも沢山の魔物が集まるんだろうな。

もっと賑《にぎ》わって、大きくなって。私と魔物が安心して暮らせる場所になってくれると思っている。

でも、それはとても大変なことだ。

種族の違う魔物が群れることは珍しい。それぞれの価値観があって、みんな違う生活を送っていた。それが当たり前だったから、他と合わせるって行為自体が難しいんだと思う。

それでも、みんなが協力して一つになろうとしてくれている。

みんなが仲良くなろうと頑張ってくれるから、私も安心して眠り続けられるんだ。

◆◇◆

シュリが作ってくれたお魚料理は、全部は食べきれなかった。

お刺身はすぐに腐っちゃうから全部食べて、残った塩焼きと小魚の素揚げは密閉型の箱に入れて持ち帰ることにした。

ラルクのお土産になるし、お腹が空いたら後で食べられるから。

『では、そろそろ帰るか』

「……ん、もう？」

お腹いっぱいになって、水の流れる音を聞きながらお昼寝して……。

そうしている間に、空は少し赤く染まり始めていた。

『そろそろ帰らないと他の魔物達が心配するわ』

『やっぱり、みんな姫様が近くに居る安心感が欲しいんだと思うよ。俺達フェンリルは自分の身は自分で守れるけれど、他の魔物は保護を受けている立場だからね』

「…………ん、分かった……」

久しぶりにお外で眠るのは、とても気持ちが良かった。

もう少しこれを楽しんでいたかったけれど、みんなを心配させちゃうのはダメだから、今日はもうあの場所に帰ろう。

『主。今日は、その……楽しかったか？』

帰り道、クロはそう聞いてきた。話し合いで急に外出することが決まって、結果的に色々と忙しくなっちゃったから、そのことを申し訳なく思っているみたい。

でも、私はすっごく楽しかった。

流石に毎日出かけるのは嫌だけど、たまにならこういうのもいいなって思った。

だから——

「今日は、ありがとう」

『……ああ』

それ以上、クロは何も言わなかった。

でも、その足取りはとても静かで、とても……優しかった。

◆◇◆

モラナ大樹海に生息する魔物の生態が変化しつつある。

ノーマンダル王国に拠点本部を置く自由連合組合、通称『ギルド』のギルドマスターである俺、ミルドは、そのような噂話が出始めてすぐに、行動を開始した。

そこは、全大陸で一番の広さを誇る巨大な森だ。

大きすぎて森の奥深くはいまだ、誰も足を踏み入れたことがない。

それは、魔物が大きく影響している。

あの森に生息する魔物は皆、溜まりに溜まった魔力を体内に吸い込み、通常個体以上の強さと凶暴さを兼ね備えている。そのため腕利きの冒険者でも危険は大きく、奥へ進むのに比例して、より凶悪な魔物が出現しやすくなる。


モラナ大樹海の奥――中央区と呼ばれる場所には、誰もが怖がって近寄ろうともしない。

昔、冒険者の中で最高ランクに位置する『翡翠級《ひすい》』の男が、うっかり森の深くへと迷い込んでしまった瞬間、運悪く災害級の魔物に襲われ、為す術《なすすべ》もなく死亡したという報告があってから、ほとんどの冒険者は大樹海にすら入りたがらなくなった。

冒険者という荒くれ者のような仕事をしているが、結局のところ、誰も無駄に死にたくないんだ。どうせ死ぬなら魔物なんかに食われることなく、寿命で静かに逝《い》きたい。それは人にとっての一番幸せな死に方であり、冒険者も人間である以上、それを望む。

俺だってそうだ。

昔は冒険者として活動していたが、ある時にヘマして片足を失ってから魔物が怖くなった俺は、冒険者を辞めてギルドの職員として働き始めた。

今では出世を重ねて冒険者を統括《とうかつ》する立場になったが、あの時の恐怖は忘れられない。

きっとこの先も、俺はこの恐怖を抱えながら生きていくのだろう。

命が助かっただけ俺は幸運だった。

だが、冒険者である以上、俺みたいになる奴は珍しくない。

誰もがそんな綱渡りをしながら、金を稼いでいる。

冒険者になる奴は、様々な事情を抱えている。

元奴隷でどこにも行くあてがない者。山賊などの犯罪者から足を洗った者。傭兵《ようへい》を落とされた者。頭が悪くて戦うことしかできない者。戦いが好きな者。親に捨てられ食い扶持《ぶち》がない者。何者にも縛られず自由に生きたい者。

様々な理由がある奴らが集まり、せめて誰かのためにできることをしようと魔物を狩るようになったのが、自由連合組合『ギルド』の始まりだといわれている。

そして、その理念《りねん》は今も変わらない。

俺のギルドにも、そういう複雑な事情を抱えた奴らは沢山居る。

彼らは自らが望み、冒険者になった。そうすることでしか生きていけないと知っているから、冒険者になって魔物と戦う生活を繰り返している。

それでも、彼らの根本にあるのは『死にたくない』という感情なのだろう。

――コンコンッ。

部屋の扉が叩かれる。

「…………来たか」

俺は思考を現実に戻し、溜め息を一つ。

「入れ」と入室許可を出した数秒後に、顔馴染みの奴らが入ってきた
『鷹の鉤爪《かぎづめ》』というパーティー名で活動している、三人の冒険者だ。

彼らは数々の困難をくぐり抜けてきた実力者で、その豊富な経験値と知識量から多くの冒険者に慕われ、ギルド職員からも一目置かれている。

かく言う俺も、彼らの実力は認めている。

だからこそ——彼らをこの部屋に呼び出したくはなかった。

「よく来てくれたな、お前ら」

「本当ですよ。やっと依頼を終わらせて戻ってきたら、すぐに呼び出しとか勘弁《かんべん》してくださいよ」

「今回の依頼、すっごく疲れたんですよぅ！　移動で汗も沢山かいちゃったし、これから帰ってお風呂に入ろうとしていたのに……！　乙女の肌はケアが大変なんですからね！」

「まぁ、そういう訳で三人とも疲れているんです。俺もさっさと帰って休みたいんで、用件ならさっさと言ってくれると助かるっす」

相変わらずの三人に、俺は苦笑を隠せなかった。

だが、そうだな。俺達の仲だ。今更取り繕《つくろ》う必要はないだろう。

「『鷹の鉤爪』に指名依頼だ」

「やっぱり、か……まぁそうだと思いましたよ」

「もう慣れたものよねー。それで内容は？　次はどんな無理難題を出すんですかぁ？」

「お前らなぁ……まぁいい。受けるか受けないかは一先《ひとま》ず置いて、まずはこれを読んでくれ」

三人に封筒を渡す。

彼らは心底面倒臭そうな顔を隠すことなくそれを受け取り、中に入っている依頼書に目を通す。

しかし、その表情は徐々に感情の一切を失い、遂には完全に口を閉ざしてしまった。

「……ミルドさん。これは」

パーティーの纏《まと》め役であるゴールドの声は、僅《わず》かに震えていた。

そうなるのも無理はない。なぜなら、そこに書かれている内容は——

「三人にはモラナ大樹海、そこで発生した異変の調査に向かってもらいたい」

モラナ大樹海は、凄腕の冒険者だろうと一切気が抜けない場所だ。

それが中央区になれば、その危険度は何倍にも跳ね上がる。

並大抵の冒険者では近づくことすら難しく、実力者でも中央区の魔物には決して敵わないだろう。

ギルドからの指名依頼は、そこの調査だ。

「三人は、モラナ大樹海に関する噂話を知っているか？」

「他の奴らが話しているのを側から聞いた程度だが、ただの噂話だと……まさか本当なのか？」

肯定するように頷く。

するとゴールドは顔を顰《ひそ》め、小さな唸り声をあげた。

「もし、俺達が断ったら……」

「その場合は他の冒険者に依頼する。調査は絶対だ」

ノーマンダル王国とモラナ大樹海は、馬車で一日程度のかなり近い位置にある。

あの森になんらかの変化が起これば、真っ先にその被害を受けるのは——この国だ。

問題が生じた後では遅い。

　そのため、俺はギルドマスターとして早急に対応する必要があった。

「調べたところ、魔物の影響によって生態系が変化しつつあるのは間違いないことが確定した。奴らはとある場所を目指して住処を移動しているらしい。その魔物どもが揃って向かって行った先は」

　そこで言葉を区切り、静かに深呼吸。

「モラナ大樹海の最奥地――中央区――だ」

「……嘘、でしょ……」

　パタリ、とトロネが地面に座り込んだ。そんな彼女の笑顔は明るく、天真爛漫《てんしんらんまん》でいつも元気に振る舞う彼女は、パーティーの盛り上げ役だった。

　だが、今はそれを微塵《みじん》も感じない。

　トロネの長所であった笑顔は消え失せ、その顔は白を通り越して青に染まり、ペタリと地面に付いたその手は、遠目からでも分かるほどに震えている。

「その情報は確かなんですか？」

「ああ」

「それ以外の情報は？」

「……すまん。ギルド職員だけではそれが限界だった」

　魔物が中央区に集結している。

　事前にギルド職員で調べた結果、得られた情報はそれだけだ。

　本音を言えば、ゴールド達の助けになれるようにと、もっと情報を集めたかったが……俺の部下だけではモラナ大樹海の奥地に足を踏み入れることすらできなかった。

「俺はお前らの実力を信頼している。だから真っ先に『鷹の鉤爪』へ依頼を出した」

だが、これは強制ではない。

拒絶されても俺は文句を言わないし、三人の決定を受け入れる。

「……少し、考えさせてください」

「返事は明日の昼まで待つ。どうか悔いのないように考えてくれ」

「はい。…………失礼します」

三人が退出する背中を見送り、ゆっくりと息を吐きながら俺は椅子に沈んだ。

「まぁ、そりゃあ悩むよな」

だが、おそらく三人は依頼を受ける。

中央区に行くことは、死地に行くことと同義だ。

それを理解しているからこそ、あいつらは依頼を受けるはずだ。

あいつらは呆れるほどのお人好しだ。自分達が逃げることで、後輩の冒険者が代わりに調査へ行くことを良しとしないだろう。

「酷い奴だな、俺は……」

三人の性格はよく知っている。

あいつらが断らないと確信していたから、俺は三人にモラル大樹海を調査しろと、ギルドや他の冒険者、この国のために死にに行けと依頼を出したんだ。

三人は多くの冒険者達から慕われていた。

俺が、ギルドがあの三人を調査に向かわせたと知れ渡れば、冒険者達は抗議の声をあげるだろう。

中には、彼らを助けようと森に向かう奴も出るかもしれない。

だから俺は、表向きは『遠い地への遠征』という名目で彼らを送り出す予定だ。

真実に気付く勘の鋭い冒険者の大半は、仕方ないと諦めてくれる理解者だ。

それでも許されないだろう。そういう連中は頭で理解していても、感情では納得できないんだ。

だが、どう思われてもいい。これは必要なことなんだと、俺は信じているからだ。

大切な仲間を犠牲にしてでも調査する理由は、この国に住む国民全ての安全のためだ。

噂を聞いて行動したのは俺達、冒険者だけではない。

ノーマンダル王国の国王陛下も同時期に動きを見せ、すでに何人かの騎士を森に送り込んだと報告が上がっている。

だが、彼らは戻ってこないだろう。

騎士は、冒険者ほど魔物と戦い慣れていない。

彼らは人と戦い、国王や国民を守るために剣の腕を磨いてきた。森での動き方をあまり知らないような連中が、劣悪な環境で生き残れるとは思わなかった。

――犠牲は付き物だ。

命令を下す地位に立つ俺達のような人間が「必要な犠牲だ」と言葉を吐くのは、己の命令で他人を殺した罪から逃れるための免罪符なのだと、俺はそう考える。

実際のところ、それは間違いではない。ギルドマスターである俺も、国王陛下も、モラル大樹海という『死地』に人を送り込んだことには変わりないのだから。

――――翌日、ゴールド達、三人は部屋を訪れた。

「決まったか？」

「ああ、俺達はその依頼を受けますよ」

「……そう、か」

胸が詰まる思いだった。

この三人に比べれば、他の冒険者にはあまり思い入れがない。だから三人がギルドからの依頼を断り、代わりに他のパーティーへ依頼を出したい、という気持ちもあった。……酷い話だが。

「覚悟は決まったんだな？」

「覚悟も何も、生きて帰ってくればいい話でしょう？」

ゴールドはそう言って、小さく笑った。

それが強がりだと俺は知っている。

だが、三人が受けると決めたのであれば、俺は余計なことを言わずに受け入れるだけだ。

「出発は三日後だ。それまで体を休めつつ準備を整えてくれ。消耗品や調査に必要な道具、その他にも欲しい物があれば遠慮なく言ってくれ。全てギルドが用意する」

「あれま、ミルドさんのくせに太っ腹ですねー。めずらしっ！」

「うるせぇよ。……それくらいはさせてくれ」

少しでも三人が生き残る確率が上がるのなら、俺は喜んで協力しよう。

それがギルドマスターとして、彼らにできる最後の仕事だから。

「そういうことなら、ありがたく貰っときましょうかね。まずは一杯、高い酒でもどうです？」

「日中から飲むのか？　大人としてどうなんだよ、それ」

「いいじゃない。この際だから何をしても怒られやしないわよ。ねー？」

……………こいつら、遠慮も容赦《ようしゃ》もないな。

まぁいい。遠慮するなって言ったのは俺だ。文句は言うまい。

「ってことで、俺達は行きますよ。これから色々なことをしなきゃいけないんでね。必要な物は紙に書いて受付に出せばいいですか？」

「ああ、それで問題ない」

「了解です。それじゃあ三日後。よろしく頼みますよ」

そう言って三人は部屋を出て行く。

これから何をするか。何を頼んでやろうか。意地の悪い笑顔で相談しながら、楽しそうに俺の部屋を後にした。

「……………流石に資金を枯らすほどはやらない、よな？」

結果から言うと、あれは三人も冗談で言っていたらしく、ギルドに頼めない無茶な買い物は自分達の貯金を使ったようだ。

準備期間の三日間。それはそれは贅沢《ぜいたく》をしたらしい。

その行動が人伝で俺の耳にも入ってくるくらいで、三日ぶりに見た三人の顔は、思わず顔が引き攣《つ》るほどにツヤツヤしていた。

相当遊んだんだろうな。憂鬱な気分で当日を迎えたこっちが馬鹿みたいだ。

「行くのか。……………行けるのか？」

「ああ、行ってきますよ。心配しなくても、仕事はちゃんとしますって」

そう言いながらゴールドが差し出したのは、小さな封筒だ。

「一ヶ月。一ヶ月経っても俺達が戻らなかったら、これを開けてください」

「っ、それは……」

「後のこと、頼みましたよ。ギルマス」

俺はこの封筒の中身を、一瞬で理解してしまった。

だからこそ、手渡されたただの紙切れが――重い。

「それじゃ、行ってきます」

「帰ってきたら奢《おご》りですからね！　めちゃくちゃ高いお酒を頼んでやりますよーだ！」

「そういうことですので。ミルドさんも覚悟しておいてくださいっす」

最後の最後まで軽口を言って行きやがった。

それがゴールド達らしいというか、最後くらいは感謝の言葉くらい言ってくれてもいいというか
……まぁ、なんだ。それはあいつらが帰ってきてから文句を言ってやろう。

「絶対に帰ってこいよ。馬鹿ども」

すでに三人の姿は遥か遠く。この独り言は聞こえていなくても、気持ちは届いたと信じよう。

「…………」

見送りを終えて部屋に戻った俺は、手元に残った三人分の封筒を引き出しの中に仕舞った。

――叶うなら、これを開ける未来が訪れませんように。

そう願い、俺は彼らの無事を祈り続けた。

第４章　人間さんがやって来た

私が眠っている間、私の周囲はとても平和だ。

騒ぐほどの問題は起こっていないみたいで、傘下に加わった魔物達の住処も順調に造られているとの報告を聞いている。

でも、もう私達の住む場所は『集落』じゃなくて、『街』と呼べるくらい大規模なものになっているらしくて、木を切り倒して住処を拡大しなきゃいけないから最近はやることが増えて大変だって、クロが言っていた。

魔物の主として意見を聞かせてほしいって言われたから、仕方なくクロに運んでもらって街を観光したんだけど……それを見た時の第一声は「なんで？」だった。

理由は、想像以上に発展していたから。

街と言っても作るのは魔物だ。

昔、本で読んだ人間の街には程遠いんだろうなぁ……って思っていたら、それを超える大規模な街が眼下に広がっていた。

これはもう『都市』と言っても言い過ぎじゃないと思う。

どうしてこうなったのとクロに聞いたら、前に引き入れた魔物達が原因だって困ったように言っていた。

直接彼らが何かした訳じゃなくて、あの三種族が私の傘下に入ったことを知った他の魔物達が、

「どうか自分も傘下に」と助けを求めてきたみたい。

…………そういえば、そんな話を聞いたことがある、ような？

その時は寝起きで頭が回っていなくて、適当に頷いていた。

だけど、まさかこんなことになっているとは思わなくて……今後はクロの話をちゃんと聞こうって思った出来事だった。


そんな訳で、私が寝ている間に凄い規模になっていた魔物の街。

魔物の数はすでに『千』を軽く超えていて、なかなか完成しないんだって。

建物の組み立ては人型に近い魔物達がやってくれているから楽だけど、周囲の安全確認とか、現場の指示とかはフェンリルが主体でやるから、いつも大忙しみたい。

だから「私なんかに構ってないでゆっくり休んでいいよ」と言ったんだけど、それだけは絶対に嫌だって、みんなが口を揃えてそう言うんだ。

私と話せることがご褒美《ほうび》だって言っていたけれど、意味が分からなかったし、眠かったから、その時は曖昧《あいまい》に返事しちゃった気がする。それから暫くの間、クロが妙に興奮していたんだけど、何か嬉しいことでもあったのかな？

街のことで忙しくさせてしまっているのは申し訳ないと思う。

それでもクロ達は一生懸命やってくれているし、むしろやらせて欲しいとお願いされるから、私は好きにやってもらっている。

でも、それでいいと思う。

何かを命令するのは好きじゃないし、それで縛るのも好きじゃない。

みんなには好きに生活してほしいと思っている。

今、私達の街には沢山の魔物が住んでいる。

各種族の考えとかあるから、全員が仲良くなるのは難しいかもしれないけど、それでも平和に共存してくれると嬉しい。

街の代表として私は失格なのかもしれないけど、それでも魔物達は私を信用してくれている。

皆、私のために安息の地を作ろうと頑張ってくれているんだ。だから満足している。

結局、私は眠ることさえできれば、それでいいのだから。

——そう思っていたのに、私の周囲はそれを許してくれないらしい。

『人間が森をうろついているようだ』

そのような報告をクロから聞いた私は、むくりと体を起こした。

「……何か、問題があるの？」

この森に人間がやって来るのは、そんなに珍しいことじゃない。

人には、魔物を狩るお仕事があるって聞いたことがある。

たしか冒険者、だっけ……？

その人達にとっては吸血鬼も魔物と同じ討伐対象になるから、もし外に出ることがあったら絶対に人と会わないようにしなさいって、パパに言われてたっけ。

でも、もし会ってしまった時は、一見すると吸血鬼は亜人と見た目がほぼ変わらないから、焦って敵対せずに正体を隠し続けろとも教えられた。

ちょっと話が逸れちゃったけど、人は魔物を狩ることでお金を稼いでいる。

その素材で装備を作ったり、魔物が死んだ時に落とす魔石で便利な道具を作ったり、人間が生活していくうえで大切なことをしているんだ。

それに対して思うことは、特にない。

もし逆の立場だったらって考えると、必要なら私達だって同じようなことをすると思うから、魔物を狩る人達に怒るようなことはしない。

でも、この街に住む魔物だけは狩らないでって思うのは、私の我儘なのかな。

「森には魔物がいっぱい住んでる。だからお金を稼ぐために、人間さんが入ってくること……変じゃないよね？」

『それは理解している。冒険者なる者どもは、我らのような魔物を狩ることを生業としているからな。……しかし、今回の人間は少し目的が違うようだ』

「違う……？　何が？」

こてんっ、と首を横に倒す。

何が違うんだろう？

『まだ詳しいことは判明していないのだが、奴らは魔物を狩ることを目的としていない様子だったと、魔物から報告が入っている』

「魔物を狩ることを、目的としていない……？」

『ああ、魔物が襲いかかれば応戦はしているが、なぜか何日も森に留まり、徐々に奥のほうに向かって来ているようだ。格好も冒険者らしくなく、同じような鎧を着ている者達ばかりだと報告が上がっているため、おそらく王国騎士ではないかと思っている』

「……意味、分からない」

『そう。人間の目的が分からない。だから頭を悩ませているのだ』

冒険者はお金を稼げれば、すぐに拠点に帰るのに、人間達は何日もこの森に滞在していて、しかも王国騎士みたいな格好をしている。

目的はなんだろう？

狩ることが目的じゃないのは、多分間違いない。

だったら、他にこの森になんの目的があるんだろう？

…………やっぱり、分からない。

私は考えることが得意じゃないから、人間達の行動理由が全く分からない。

「魔物達には、接触しないように言っておいて」

面倒事は避けていきたい。変なことに巻き込まれて騒がしくなるのを私は望んでいないから。

『了解した。主の言葉であれば、魔物達も大人しく従ってくれるだろう』

その言葉に、私は頷く。

『人間が何を企んでいるか分からない。主も十分に気をつけてくれ』

「私は大丈夫だから、みんなが気をつけて。ね？」

私と契約した魔物は以前よりも強くなっているし、主である私が死なない限り、魔物達は滅多なことでは死ななくなった。

でも万が一もあるから、なるべく人間とは関わらないようにしてほしい。

「何かあった時は、クロに任せるね」

『光栄だ。では……』

　クロが出て行った後、残ったのは私と今日の枕担当のロームだけ。

「……なんか、大変そうだね」

『姫様は気にしなくていいよ。俺達が絶対に守ってあげるからさ』

　ロームの口調は軽いけど、この子達なら絶対にこの街を守ってくれると信頼しているから、その言葉をとても嬉しく思う。

「うん、ありがとう。……でもね。私はみんなが傷付くのも嫌、だから……あまり危険なことはしてほしくないって、思うの」

『……優しいね。やっぱり俺は、姫様のことが大好きだ』

「私も、みんなが大好き……」

　ロームは顔を下ろして、私の頬に擦り寄せてきた。

　顔にもいっぱい毛があるから、もふもふしていて気持ちいい。

「……ふ、ぁ……ぁぁ……」

　ロームの頭を撫でていたら穏やかな気持ちになって、あくびが出ちゃった。

『今日はもう寝る？』

「……ぅ、ん………」

　ゴロンと寝転がり、ロームのお腹に埋まる。

　クロから聞いた人間の話は正直気になる。

でも、人間達の目的が分からない今、余計な手出しをするのは危険だと思うから、私達はいつも通り、平和に生活するだけだ。

――何か判明した時は、クロ達がなんとかしてくれる。そう信じて、私は静かに瞼を閉じた。

『おやすみ。俺達のお姫様』

◆◇◆

今日はいつにも増して、魔物達が騒がしかった。

私は眠っていても、なんとなくだけど周囲の音が聞き取れる。そういった癖がついているから、みんなが騒いでいることがなんとなく分かった。

「…………ねぇ、何があったの？」

部屋に居るのは、フェンリルのロームとシュリ。

いつもは一匹だけなのに、今日だけは二匹が私に付きっきりだった。珍しい。外から聞こえる騒がしい音と何か関係があるのかな？

私が問いかけると、二匹はどうしようかと顔を見合わせていた。

心配かけないようにと思っているのか、私に知られたら不味《まず》いことが起こっているのか。それとも別の何かなのかは分からない。

でも、私は知りたい。

「私は、みんなのことを大切な仲間だと思っている、から……何が起こっているのか知りたい。お願い。教えて？」

シュリ達の目を見ながら真剣に頼むと、二匹は同時に深い息を吐き出した。表情は読み取れないけれど、こうなることを予想していた様子だった。

『……それを言われたら、断れないわよ』

『そうだね。姫様を拒絶できる馬鹿は、この街に居ないよ』

——そんな奴が居たら、この街から追い出してやる。

ロームはそう言ってクックックッと笑った。

シュリは『クレアちゃんの前なんだから、物騒なことを言わないの』とロームを嗜《たしな》めているけれど、聞いている感じ、その言葉は本気じゃない。

『それで、街で何が起きているか、だったわよね』

「うん」

『……うーん、どこから話そうかしら』

「全部」

『……え？』

「全部、話して。聞きたい」

思えば、眠ること以外に興味を持ったのは、これが初めてかもしれない。

……それだけ私も、眷属のことを気にかけ始めているってことなのかな。

話を聞いて何ができるとは思わない。

私は結局無力で、みんなに守られているだけの存在だ。それでも知ることは、知りたいと思うことは罪じゃないから、私は全部を知りたい。

『長くなるわよ？』

「大丈夫。眠らないように、頑張る」

私は上半身だけを起き上がらせて、グッと拳を握る。気合は十分。

『こっちもなるべく分かりやすく話すわね。最初は――』


始まりは、偵察《ていさつ》で動いていた配下の魔物が傷を負って帰ってきたことだった。

傷を与えたのは、以前にクロから報告に上がっていた人間達。周囲の反応を探知する魔法で眷属の位置がバレちゃって、囲まれたところをどうにか逃げてきたらしい。

そんなことがあったから、魔物は怒っているみたい。

でも、クロが人間に手出しはするなと注意してくれていたから、その時は誰も人間への報復をしに行かなかった。

みんな、ちゃんと私の言葉を聞いてくれたことが、嬉しかった。

なのに、また騒ぎが大きくなった。

理由を聞くと、また人間が動き始めたから。らしい。

偵察していた配下の魔物の報告では、人間達が森に入ったのは魔物の活動が変化しつつあるから。

その原因を調査していたみたい。

そこで人間が見つけたのが――黒くなった魔物だ。

私と『血の契約』をした魔物は全て進化して、黒色に変色している。

普通ではあり得ない個体だから、人間はようやく手掛かりが掴めたと、眷属が逃げた道を必死に探し回っている。

そのせいで魔物達は森を自由に動き回れない。みんなの不満が爆発するのは時間の限界だって、シュリは困ったように溜め息をついていた。

そして現在、人間達は街の近くまで接近している。

彼らと応戦するかどうか、魔物達は会議を開いた。

でも、みんなの不満は隠しきれなくて、応戦する声が高まっているみたい。

「みんな、戦うの？」

『……これ以上、私達の場所に踏み入るようなら、止むを得ないわ』

『シュリ。言葉を濁さないで正直に言っちゃいなよ。人間どもを生きて帰すつもりはないってさ』

『ちょっと、ローム！』

シュリが声を荒げる。

でも、ロームの言葉に否定はしなかった。

「帰すつもりはない？　どういうこと？」

『……人間達は、黒く進化した魔物のことを知ってしまった。このまま帰らせたら周辺の国は私達を脅威と見なすわ。そうなれば、この街は今よりもずっと危なくなる。下手をしたら住む場所を移動する可能性も……』

「ここを、捨てるの？」

『そうなる可能性が高いの。だから絶対に、誰一人として逃がすことはできない』

——住む場所がなくなる。

私がようやく手に入れた安息の場所が、奪われる。

人間達に。

それは嫌だ。ここはみんなが頑張って作った街だもん。

「…………分かった。みんなに任せる」

『いいの？』

「争いごとになるのは、悲しい。魔物も人間も、誰も死にたくないだろうから、あまり危険なことにしたくはなかった。……でも」

言葉を区切り、息を吸う。

「私は、みんなのほうが大切だから」

誰かが死ぬのは悲しい。

もっと平和になればいいのにって、そう思う。

でも、世の中はそんなに甘くないってことも、私は知っている。

だから、我慢するしかない。

これは必要な犠牲なのかもしれない。

そんな言葉で片付けるのは嫌だけど、私達が平和に暮らすためには、人間達を生きて帰らせることはできない。それを否定すれば、ここはもっと酷いことになる。

だから、ここは我慢する。

「でも、無駄に殺すのはダメ。クロ達は話せるんだから、落ち着いて対話して、もう帰らせることはできないけど、平穏に街で暮らすことを提案して」

『もし、人間達が対話に応じなかったら？』

「その時は仕方ない」

みんなを助けたいと言えるのは、力のある人だけ。

私に、そんな力はない。

配下のみんなを守りながら、人間達とも仲良くできる力は、持っていない。

——だから諦める。

誰かが死ぬのは嫌だけど、私の我儘でみんなが苦しむのは、もっと嫌だから。

『…………分かった。クレアちゃんの言葉をクロに伝えてくるわ。ローム、悪いけどここを任せていいかしら？』

『りょーかい。姫様のことは命に代えても絶対に守るから、任せて』

『ええ、頼んだわよ』

シュリは部屋を出て行く。

きっと、みんなに私の考えを伝えに行ってくれたんだ。

『大丈夫だよ、姫様』

「ローム……？」

『不安になる気持ちは分かる。でも、姫様は俺達が絶対に守るから、心配しないでほしいかな』

「…………うん。信じるよ」

これからのことを考えると、やっぱり心配になる。

――みんな、無事でいられますように。

私は両手を合わせて、そう祈った。

この願いが届きますようにって、強く……祈り続けた。


ロームは大丈夫だって言ってくれた。でも、やっぱり、みんなが心配なことには変わりない。私がやれることはないから相変わらず寝てばかりだったけれど、あまり心地良く眠れなかった。

クロは、人間が問題を起こしてから一度も会いに来てくれない。

魔物達が暴走しないように抑えていて、ほんの少しの時間でも魔物から目を離せないみたい。

私が最初に契約をした魔物だから、クロは街の総司令代理を務めてくれている。

クロの言葉は私の言葉だ。と魔物達は思っているみたいで、現場にクロが居るのと居ないのとでは、魔物達の動きが結構変わるらしい。

元気な姿が見られないのは心配だけど、クロは私達のために頑張ってくれている。

だから私は待つ。

今どうなっているのかを把握していないから、私は待つ。

ロームはそれでいいと笑ってくれた。

いつも通りの姿を見せてくれるだけで、自分達は安心できると、そう言ってくれた。

普段通りの私をみんなが望んでいるのなら、私はいつも通りであり続ける。それが私にできることで、一番好きなことだから……。

そうやって眠りながら、全てが終わるまで待つことにした。

いつまで寝ていたか、分からない。

でも、普段通りに過ごすことを決めてからは、ゆっくり眠ることができたと思う。

◆◇◆

蹂躪《じゅうりん》されていく仲間達。

恐怖と絶望。悲鳴と怒号《どごう》が飛び交い、同胞が流した血液によって地面は赤く染められていく。

視界に映るのは――魔物。

記憶にあるものとは違う、不気味なほどに黒く変色した異形のモノ。

我々は騎士だ。国家のためにと日々研鑽《けんさん》を積み上げてきた我々は、そこらの魔物だろうと問題なく対処できる実力を持っていた……はずだった。

「たすけ、助けて――ギャアアアァッッ！」

「い、いやだ！　どうしてこんな！　なんなんだよこいつ、っ！」

また、仲間がやられた。

胴体が切り裂かれた。頭から真っ二つになった。原型を留めていないほどに潰された。

我々は騎士だ。

如何なる時でも訓練を怠らず、王族の剣となることを誓った歴戦の戦士だ。

なのに、それなのに――。

どうして我々は、魔物如《ごと》きに追い詰められているのだろうか。

モラナ大樹海で起こりつつある異常の調査。

簡単な任務のはずだった。森の最奥《さいおう》までは辿り着けずとも、騎士である我々の実力があればすぐに調査を終えて帰還できると思っていた。

『降伏するか死ぬか。——選べ』

目の前に現れた魔物。それは人の言葉を理解した漆黒の大狼だった。

知性がある魔物との戦闘は何度か経験している。一人では到底敵わぬ強敵だが、こちらは数十人の騎士が集まっているのだ。油断しなければ負けるはずがないと思っていた。

だから、我々は剣を抜くことでその問いの答えとした。

『そうか。それは残念だ』

気付けば我々は多くの魔物に囲まれていた。

その全てが黒い。知性がある狼型の魔物と通じているのは、すぐに理解した。

「総員、戦闘態勢！　魔物を迎え討て！」

それが地獄の始まりだった。

我々は手も足も出ずに翻弄《ほんろう》され、次々と殺されていく。最後まで戦う者。戦意を喪失して逃亡を図る者。生きることを諦めた者。その全てが黒い魔物によって狩り尽くされた。

すでに生き残っているのは片手で数えられる程度だけ。

じりじりと追い詰められる。すでに包囲されている。……もう逃げられない。

『もう一度だけ聞こう。降伏するか死ぬか。選べ、人間』

情けを掛けられていることは理解した。

それが屈辱《くつじょく》だった。

「ふざけるな！　魔物に下るくらいなら——我々は戦って死ぬ！」

それが自分の最後の言葉になった。

視界に映ったのは前脚を振り上げる魔物の姿。その前脚が一瞬ブレた瞬間、世界は暗転した。

◆◇◆

ギルドマスター、ミルドさんからの指名依頼。

それは『異変が起こりつつあるモラナ大樹海に赴《おもむ》き、それを調査してくる』というものだった。

しかも、その異常が起きているのは森の中心って話だ。

聞く人が聞けば、それは『死ね』と言われているのと同義だった。

実際、ミルドさんは依頼内容を話す時から重苦しい雰囲気で、それなりに長く活動してきた俺達は嫌な予感を感じ取っていたが……流石にあの時は動揺を隠せなかったな。

もちろん、死ぬのは嫌だ。

当然だ。俺達は日々命がけで戦ってはいるが、自殺志願者ではない。

…………だが、可愛い後輩にこんな依頼を受けさせる訳にはいかないからな。

だから依頼を受けた。

それからすぐにできる限りの準備を終わらせ、残りの三日間で遊びまくった。

引退した時のためにと大切に貯めていた金を使い果たす勢いで、俺達はお互いの好きなことで遊びまくったり、貴族御用達の超高級な飯を食いに行ったり、一般人ではなかなか手出しできない高級酒を丸々飲み切ったり。

……ああ、賭け事で大負けもしたな。

あれは酷いものだった。勝ち続けて調子に乗ったトロネが一瞬で大負けして、その敵討ちに燃えた俺とギードも返り討ちに遭って。結果は散々だったが楽しかった。

それはそれは贅沢させてもらったよ。

おかげで俺達は、最高の気分で王都を出られた。

いつもは王都近くの大陸一広い森を眺めただけで憂鬱な気持ちになるんだが、今日だけは勇み足でそこに向かうことができたんじゃないかって思っている。

………とは言え、

「実際向かい合ってみると、あれだな。いつ見ても不気味な森だよな」

「滅多なことじゃ入りたくないって思ってたのに、まさかその滅多なことになるなんて……うぅ、死んだらミルドさんの枕元に出てやる。死ななくても出てやるぅ！」

「それはいいな。三人で驚かせて、あの人の寿命を縮めてやろうぜ」

「……下らないこと言ってないで、ほら、行きましょう」

肺の中身を全て吐き出すほどの溜め息を一回。

気持ちを切り替えた俺達は簡単な野営を張り、そこに座り込んだ。

モラナ大樹海は非常に危険なところだ。たとえ森の入り口付近だろうと油断はできず、奥に進めば進むほど、なんの策もなく足を踏み入れることは自殺行為に等しくなる。

だから、調査を始める前から入念な作戦会議が必要なんだ。

「まず今回の目的をおさらいするぞ。俺達はモラナ大樹海の調査に来た。冒険者の間で噂になっている異変の真偽《しんぎ》を確かめるんだ。魔物と戦うために来た訳じゃない。戦えないと思ったらすぐに逃げる。無理は禁物だ。それを第一に考えて動く。

「ギード。冒険者の聞き込みはどうだった？」

「残念ながら。あれから色々な冒険者に聞き回ってみましたが、あまり良い情報は入手できませんでした。依頼書に書いてあった以上のものは、何も……」

「……そうか。それは厳しいな」

今、俺達が確認している情報は少ない。

魔物の生態系が変化しつつある。

それらは揃って移動を始め、森の中央区に向かっているらしい。

その異常行動の原因を調査することが、今回の俺達の仕事だ。

正直、ほぼ何も分かっていないに等しい。

本音を言えばもう少し欲しかったところだが、仕方ない。ミルドさんの部下は本当に優秀な人ばかりだ。彼らが限界まで調べ上げた情報以上のものを、冒険者が知っているとは思わなかった。

ギードに聞き込みをお願いしたのは、僅かな希望に託しただけのこと。

何か新しい情報が得られれば御《おん》の字。そう思っていた。

「魔物は何かしらの目的を持って行動している。ただでさえ奴らは今までにない異常行動を起こしているんだ。通常の魔物だと思って相手すると危険だろう」

「もしかしたら知性がある魔物が居るかも？」

「流石に全ての魔物がそうだって訳じゃないでしょうが、そいつが居る可能性は高いっすね」

知性がある魔物は危険だ。

戦い慣れているだけではなく、それに加えて戦術も混ぜ込んでくる。本能で突っ込んでくる魔物とは違い、一体居るだけで極端に戦闘がやりづらくなる。なるべく出会いたくない相手だ。

しかも、森の中は視界が悪くなる。

そこで戦うのは得策じゃない。どこから襲われるか分かりづらいし、戦闘音に引き寄せられた他の魔物と乱戦になる可能性も十分にある。

俺達は人間だ。どうしても森の中では満足に動けなくなる。

対して相手は魔物だ。地の利はあちらにあるし、魔物なら森の中でも自由に動き回れるだろう。

「四体。それが一度に相手できる数だ」

だから今のうちに俺達の限界を決めておく。

それ以上の群れと遭遇したら、一目散に逃げて態勢を立て直す。魔物を追い詰めていても深追いしようとは考えず、逃げを最優先に行動する。

「移動はいつも通り、ギードに先頭を頼みたい」

「了解っす。後ろは任せましたよ」

ギードは索敵を得意としている。

前方から迫っている敵の位置をいち早く察知して俺達に知らせるのが、いつもの流れだ。

俺達はその後ろを歩いて、横と後ろから他の敵が来ていないか注意する。トロネは、彼女を中心とした広範囲の敵性感知魔法を覚えているから、探索面では俺達に隙はない。

――が、その完璧な布陣すら通用しないのがモラナ大樹海の恐ろしいところだ。

魔物の中には気配を上手く隠す奴もいる。入り口付近ではまだそういった魔物は珍しいが、中心に行けばそれが当たり前のように気配を殺してきやがる。

そうなってしまえば、ギードの索敵やトロネの感知魔法は無意味になる。

つまり、だ。

俺達は中央区に入った瞬間、無力になる。

いつ近づいて来るか分からず、運良く接近に気付けても戦って勝てる自信がない。

だから戦わない。

中央区では間違っても抵抗しようなんて思わずに、全力で逃げるんだ。

まぁ、そこまで行くことなく調査が終われば、それが一番なんだが……。


「――よしっ！　それじゃあ、まぁ……行くか！」

気合を入れ、森に足を踏み入れる。

その一歩一歩は重い。いつも以上に周囲を警戒しながら薄暗い森の中を進んでいた俺達は、その中に漂う異様な雰囲気をすぐに感じ取っていた。

「…………妙だな」

モラナ大樹海が恐れられる理由は、いくつかある。

そこに生息する魔物の凶暴さもそうだが、最も脅威なのは、その数だ。

森には多くの魔物の集落がある。そのため群れで行動している魔物が多く見られ、一度の戦闘で複数を相手にするのが当たり前だった。

しかも、一定範囲ごとに別の集落があることが確認されており、下手に動いてしまえば種族が異なる魔物の群れと出くわしてしまうことも珍しくなかった。

――だが、森に入っておよそ30分。

俺達は魔物と戦闘するどころか、遭遇すらしていなかった。

「運がいいだけ……って可能性はあるのか？」

「ここはモラナ大樹海っすよ。そんなことがあり得ますか？」

以前ここを訪れた時は、入った瞬間に魔物の群れと遭遇したな。

その後も代わる代わる襲われて、一息ついた頃には周りが魔物の死体で埋め尽くされていた。

一時間。たったそれだけの時間で、俺達は一ヶ月分の稼ぎを得られた。

それを経験してからは、二度とこの森に近づきたくないと三人の意見が纏まったんだ。

俺達が不運だったんじゃない。この時のことを他の冒険者に話せば、皆同じようなことがあったと揃って苦い顔を浮かべる。

あれが普通なんだ。

「となれば、今俺達が置かれているこの状況は」

「ええ、間違いなく――異常よね」

「『魔物は中央区を目指して移動している』、でしたか。……どうやら、その情報は間違いじゃなかったみたいっすね」

一番外れていてほしかった情報が当たっていた。

これはもう、異常の原因は中央区にあると言っているようなものだ。モラナ大樹海に生息する魔物を引き寄せるだけの『何か』が、あの場所《地獄》に――。

「冗談じゃねぇぞ、まじで」

だが、ここで引き返すことはできない。俺達はすでに依頼を受けた身であり、原因の調査を終わらせない限りはこの森から出ることは許されないのだから。

「……たしか、俺達より先に騎士団が森に入っているんだったか？」

「まさか合流しようと思ってるの？」

「そのほうがいいだろ。俺達だけじゃ中央区は無理だ。何が起こっているのか分からない状況じゃあ、味方は多ければ多いほどありがたい」

ぶっちゃけ、冒険者と騎士団の仲は悪い。

騎士団は規律を重んじるせいか無駄に堅い。それに加えて自分達が王国の剣である、という認識があるせいかプライドも高く、基本的に自由で適当な冒険者を毛嫌いしている。

だから冒険者も、騎士団のことを好ましく思っていない。

そういう因縁は残っているものの、流石に公私混同するほどの馬鹿ではないと信じたい。ましてやここはモラナ大樹海だ。あっちも協力関係は必要だと分かってくれるだろう。

「でも、肝心な騎士団はどこに居るんだろう？」

「俺達より先に居るのは間違いないだろうが……ギード。騎士団の気配はあるか？」

「……残念ながら。流石に中央区にまでは行ってないと思いたいっすけど、騎士団は冒険者ほどこの森のことを危険視していませんからねぇ。正直怪しいとこっす」

騎士団は、冒険者ほど魔物のことに詳しくない。そのため森での最適な行動を知らないし、大樹海のことも『強い魔物が出るだけ』と認識しているのだろう。

最悪、すでに壊滅している可能性も………いや、今は考えないようにしよう。

「ギードはこれまで通り魔物の警戒を。トロネは騎士団っぽい反応があったらすぐに教えてくれ。中央区に行くなら協力は必須だ。絶対に見つけるぞ」

「了解っす！」

「騎士団はあまり好きじゃないけれど、つまらないことで死にたくないもんね」

調査を進めるために騎士団と協力することは必要不可欠だ。

改めて目標を定めた俺達は、死角からの強襲に警戒しながら歩き続け、その合間で一足先に調査に入っているはずの騎士団を探すことにした。

だが、やはり現実ってものは、そう上手くいかないものだ。

森の中を進むこと三時間。

俺達は――赤く染まった荒縄の前まで到達していた。

「………ついに来ちまった、か」

この縄は言わば『目印』だ。森に迷い込んだ人間が、うっかりそこに足を踏み入れないようにと冒険者ギルドが設置した危険信号。

『これがあったらなりふり構わず右回れして逃げろ』

そのような言葉が冒険者の間で囁かれるほどに有名な、赤い荒縄。

つまり、この縄の向こう側が――中央区だ。

「結局、騎士団は見つからなかったな」

騎士団と同じ道のりを辿っているであろうことは、道中で発見した魔物のものではない痕跡を見れば明らかだった。

だが、奴らは俺達が思っていた以上に馬鹿だったらしい。

「まさか本当に、中央区に侵入するなんてな」

「もう全滅していると諦めるのが正解でしょうねー。本音を言えば一緒に行動したかったけれど、過ぎちゃったものは仕方ないわ」

もう騎士団は死んでいるだろう。魔物との戦いを何度も経験してきた俺達でさえ、この奥で生き残れる自信がないんだ。素人が中央区に入って生き残る可能性はないに等しい。

なら、まだ合流できるかもという希望は潔く捨てる。

薄情かもしれないが、温情なんかで自分達まで殺すことはできないからな。

「俺達もそうならないように気をつけるぞ。ここからが正念場だ」

運が良いことに余力を残しながらここまで来れた。流石に一度も魔物と遭遇せずに……というのは無理だったが、それでも以前の忙しさに比べたら大分マシだ。

普通ならここで一旦休憩するところなんだが、モラナ大樹海の中央区近くで腰を落ち着かせるなんて自殺行為はしたくない。

幸いなことに、ギードもトロネも疲れている様子はない。

俺もまだまだ動ける。

休まずに進もうと三人で話し合い、最大限の注意を払って赤い縄をくぐり抜ける。

「一瞬でも気を抜くなよ。そしたら俺達は終わりだ」

「わ、分かってるわよ！　……絶対に、生き残ってやるんだから」

「――シッ。二人とも静かに。何か来ます」

瞬時に身を潜める。

そのすぐ後、遠くから草木をかき分ける音が聞こえた。

気配は一つ。人間じゃないのは確かだ。ただの人間が、ここを一人で歩いて無事な訳がない。

息を殺す。少しでもヘマすれば俺達の存在は気付かれ、戦闘になる。

「…………………」

――中央区の魔物と戦ってはいけない。

それは冒険者の間で囁かれる、絶対に生き残るための方法だ。

「……っ、！」

やがてそれは姿を現した。

漆黒と紫が混ざり合ったような、禍々しい体毛。人間を容易に噛み砕いてしまいそうな巨大な顎と、岩すらも切り裂きそうな鋭い爪。悠々と歩く姿からは高貴ささえ窺える。

見たことのない魔物だ。

形だけは野生動物の狼に似ている。一応、それに酷似《こくじ》している『ワーウルフ』という魔物がいる

が、それは茶色か灰色の体毛だし、体格の差がまるで違う。

新種か、あるいはこいつが異変の元凶か？

ないとは言い切れない。今は全てを疑って掛かるべきだ。

「ぐるる……」

それは地獄の底から這い出たような低い唸り声をあげ、その首をこちらに――――。

「ひっ、ゥ……！」

一瞬だけ向けられた殺意。

トロネはそれに耐えられなかったのか叫び声をあげそうになり、咄嗟に俺が口を押さえる。

ここでバレたらやばい。

長年培ってきた本能が、過去一番の警鐘を鳴らしている。

俺は必死にここから逃げる算段をつけていた。ここで戦うのは論外。相手は見たことのない未知の魔物だ。実力差が分からない以上、死に急ぐ真似は避けるべきだろう。

「ギード、逃げられるか？」

「……ダメっす。どの方向にも魔物が……さっきまで居なかったのに、どうして……」

囲まれているってことか。

――くそっ！　中央区に入った途端、これかよ！

『そろそろ姿を現したらどうだ？』

「「――！」」

脳に直接響くような声がした。

俺でもギードでも、トロネのものでもない――雄々しい声。

――まさか。

心当たりがあるとすれば一つ。先程の黒い魔物は真っ直ぐにこちらを見つめていた。偶然じゃない。あいつは俺達がここに居ると確信している。

「……おいおい、冗談じゃないぞ」

知性がある魔物。しかも人の言葉を理解している魔物だ。

そんなの、世界最強と謳われる竜種と同じってことじゃないか。

――ふざけんな。未知の魔物ってだけでやばいのに、これは本気でダメなやつだ。

『……そこに居るのは分かっている。これ以上隠れていても無駄だぞ』

どうする？

俺達は視線で話し合う。

すでに場所は知られている。ここで逃げられるなら逃げたいが、相手があの竜種と同格って分かった時点で、俺達が無事に逃げられる可能性はなくなった。

相手は知性がある。隠れている場所が分かった時点で殺しに来ないのは、何か理由があるはずだ。

会話が目的か？

……だが、魔物がそんなことを望むのか？

『そのまま隠れ続けるのであれば、我は貴様らを敵だと見なす。10秒やろう。決断しろ』

「………………すまない。敵対する気はないんだ」

俺は握りしめた剣を鞘《さや》に戻し、両手を挙げながら魔物に姿を見せた。

早計だったかもしれない。

だが、10秒後に殺されるよりは、少しでも長生きできそうなほうを選ぶ。

こうなったら賭けだ。

この魔物が冷静であることを願おう。

『人間、その格好は冒険者か……何用でこの森に立ち入った』

冒険者を知っている。

であれば、冒険者がやっていることも当然、知っているんだろうな。

「俺達は……仲間を探しに来たんだ。若い冒険者の奴がこの森に入って数日戻ってないみたいでな。ギルドに頼まれて、それで――ッ――」

風が通り抜けた。

そう思った瞬間、俺達の背後にあった木々が音を立てて倒れた。

魔物は右前脚を上げた状態でいる。こいつが何かしたのはすぐに理解できた。

――見えなかった。

前脚を振り上げる動作も、その斬撃《ざんげき》も。

そもそも斬撃って飛ばせるものだったか？

『嘘をつくな。次はないぞ』

無言で頷く。

それはもう……何度も。

「……俺達は調査に来た。この森で魔物が変な行動をしていると聞いて、その調査に」

「ちょっとゴールド！　それは……！」

「仕方ないだろ！　ここで下手な動きを見せれば俺達の命はないんだ！」

この魔物は話が通じる。

だが、それだけだ。

相手が未知の魔物であり、俺達の想像を遥かに超える強さを持っているであろうことは分かりきっている。

ならば、ここは下手に刺激しないほうが俺達のためになると、そう考えた。

『ふむ、調査……先に来た騎士風の人間どもも、同じようなことを言っていたな』

「騎士団を知っているのか！」

『ああ、やはり王国の騎士団だったのだな。格好は噂に聞いていたそれに似ていたが、確証は得られなかったのだ。教えてくれて感謝する』

……誘導された。

まんまとハメられた俺が間抜けだったのもあるが、想像以上にこの魔物は知性が高い。

『それにしても、この森で起きつつある異変、か……。我はここを拠点にしているが、そのような様子はなかったように思えるな。人間はどの程度まで調査し終えているのだ？』

「……魔物の生態系が変化している。それらの魔物は揃って中央区を目指している。事前に分かっていた情報は、この二つだけだ」

そしてもう一つ、分かったことがある。

モラナ大樹海には人間が知らない未知の魔物が棲み着いている。

それは体毛が黒い狼型の魔物で、俺達が戦ってきたどの魔物よりも脅威だ。真正面から戦って勝てるような相手ではない。

『なるほどな。……チッ、まさか人間に悟られるとは』

「……？」

魔物は何か心当たりがあるように唸る。

最後に呟かれた言葉は小さすぎて聞き取れなかったが、俺の目には、その顔が僅かに歪んだように見えた。

『その魔物の異常行動だが、先程の発言を訂正しよう。その行動には心当たりがある』

「っ、本当か⁉」

『だが、教えてやる義理はない。ここで我が情報を口にすれば、貴様らは依頼主の元に戻って我のことを――黒い魔物のことを話すのだろう？』

「……ああ、そうだ。それが依頼だからな。でも悪いようには言わないと約束する」

黒い魔物には知性があった。

それに加えて、王国の全戦力を投下しても勝てるか分からない強さも兼ね備えている。

だが、幸いにもその魔物は話が通じる。

下手に関わって刺激しなければ対立することもないだろう。

――と、これだけ言えばミルドさんも納得してくれるはずだ。

あの人は『鷹の鉤爪』の実力を理解し、同時に信用してくれている。そんな俺達が「勝てない」

と言っているのだから、下手な関わりを持とうとは思わないだろう。

「どうだ？　悪くはないと思うんだが」

俺達は無事に帰還できて、魔物も人間と関わることはなくなる。

お互いに得する提案だと思う。

『その必要はない』

しかし、魔物はその提案を一蹴《いっしゅう》した。

「人間だからと信じられないのも分かるが、俺達だって命が惜しいんだ。勝てないと思った相手とはなるべく関わりたくない。……この森に近づくことすら嫌なんだよ、こっちは」

『いや、貴様らを信じていない訳ではない。我を相手にこうも平然を保っていられる人間ならば、どうすればより良い結果になるか……正しい道を選択できるだろう』

「なら、」

『理由は単純だ。我は——貴様らを帰すつもりはないからな』

「っ、トロネ！」

「【切り取り、継ぎ接ぎ、真実は書き換えられる。隠者の望むがままに——幻想視覚】！」

「ギード！　退路を探せ！　ここから逃げる——」

『その程度で我から逃げられると思ったか？』

「——ぞ！　っ、なんだと⁉」

いつでも俺達が『逃げ』に転じられるよう、トロネは準備していた。

彼女が得意とする水属性の魔法。霧《きり》を生み出して相手に幻覚を見せる【幻想視覚】は、完璧なタイミングで魔物に作用した。そう確信していた。

だが、魔物は逃げようとした俺達の背後に移動していた。

その動きは速すぎて見えなかった。

……いや、それよりもなぜ、こいつは俺達を視認しているんだ？

幻覚は確かに入ったはずだ。なのに魔物は迷うことなく俺達の後ろを取ってきた。

トロネの魔法が弾かれた？

精神に直接作用する魔法だ。弾かれることなんてあり得ない。それとも、この魔物は精神までもが規格外なのか？

『勘違いしているようだが、先程の魔法は確かに我を捉えた。こうしている今も貴様らの姿が朧《おぼろ》げに歪んで見える。しかし、それだけだ』

魔物はゆっくりとした動作で、前脚を横に振った。

周囲に漂っていた魔力が霧散《むさん》し、同時に俺達を守っていた【幻想視覚】も払われる。それまで虚空を彷徨っていた魔物の瞳が――俺達を捉えた。

『なるほど。精神に作用して幻覚を見せる魔法か。素晴らしく洗練されている。人間にもこのような巧妙な手を使う者が居たことには驚いた……が、視覚と気配は騙せても、魔力の流れまでは騙せなかったようだな』

………………やばい。

これは本気でやばいことになった。

トロネの十八番《おはこ》が潰された。それは逃げる手段を失ったということだ。

『我と戦うか？　人間如きが、我に勝てるとでも？』

ああ、まったく……その通りだ。

この魔物には勝てない。

俺達がどれだけ必死に戦っても、神がこちらに味方しても、決して敵わない相手。

全ての魔物を統治する存在だと言われても驚きはしない、絶対強者の威厳《いげん》を感じていた。

肌がひりつく感覚。

不利な状況での戦闘は初めてじゃない。

だが、ここまで圧倒的な実力差が開いている戦いは——初めてだ。

『降伏しろ、人間』

「…………なんだと？」

『降伏しろと言ったのだ。貴様らの行く末を貴様ら自身に選ばせてやる。大人しく降伏して我らに下るか、この場で死ぬか。——選べ』

「は、ははっ……随分と余裕なんだな」

『そういう訳ではない。本来ならば、我らの縄張りに侵入した人間を生かしておく理由などないのだが、我が主は無駄な殺生《せっしょう》を好まない。対話に応じるようであれば連れて帰るようにと命令を受けているのだ』

頭を鈍器で殴られたような衝撃だった。

魔物が取引を持ちかけてきたことに、ではない。

魔物の口から飛び出した『我が主』という言葉。この狼がモラナ大樹海に生息する魔物を統治しているものだと思っていた。

つまり、この魔物を超える存在がまだいる……ということだ。

「なんだよ、それ。……卑怯《ひきょう》だろ」

モラナ大樹海を侮っていた訳じゃない。

ただ単純に、この森は俺達人間の想像を遥かに超える場所だっただけだ。

武器を落とす。

ここから抵抗する気力は、すでに失っている。

『これが最後だ。降伏して我らの元で暮らすか？　それとも無残に殺されていった同族の仇《かたき》を取るため、一矢《いっし》報《むく》いるか？』

――魔物に下るか、死ぬか。

仲間を見る。

何年も共に戦ってきた仲間は、俺の判断に従うと言ってくれた。

俺は、自殺志願者ではない。

魔物に従って生きて、俺達が無事に暮らせるかは分からない。

だが、生きてさえいれば、いつかはチャンスがやって来るだろう。

その時のために、今は――――、

「……降伏する」

そして俺達は、囚われの身になった。

人間達はどうなったんだろう。

契約した魔物達は大丈夫なのかな。

ふと私達の街に起こっている問題を思い出して心配になった時、私の部屋の扉が『コンコン』って控えめに叩かれた。

『我が主。クロだ』

それは久しぶりに聞く声だった。

「……ん、入って」

クロを拒む理由はない。

私は上半身だけを起こして、クロを迎える。

『久しぶりだ、主よ』

「ん、久しぶり。会えなくて心配だった」

『……すまない。かなり危険な状態だったため、場を離れられなかったのだ』

「謝る必要は、ないよ。……ちゃんと分かってるから。私達のために頑張ってくれて、ありがとう」

『勿体ない言葉だ。我の苦労も意味があったと思える』

クロは嬉しそうに尻尾を振っている。

私は労《ねぎら》いの言葉しか贈れないけど、それでクロが喜んでくれるなら、いくらでも言ってあげたい。

でも、今はそれより――、

「人間達は、どうなったの？」

『今日はそれを報告しに来たのだ』

「……そう。みんなは無事？」

『ああ、主のおかげだ』

「私、の……？」

どうして私が？　それが分からなくて、首をかしげる。

『主との契約の力があったおかげで、戦闘で負った傷は一瞬で癒えた。致死性の怪我を負った魔物も居たが、一晩眠れば元通りで今は元気に働いている。被害は皆無だと言ってもいいだろう』

「………それは、良かった」

傷を受けてもすぐに治ったのは、朗報だった。

一応私も、みんなの役に立てたんだって思うと、少し嬉しかった。

でも、この会話で分かったことがある。

傷を負ったということは、人間達と争いになったということでもあるんだ。

つまり、彼らは私達の提案に乗ってくれなかった。

人間はいっぱい居たって聞いている。それが全員死んじゃったのは、やっぱり悲しいと思う。

「人の死体は、どうしたの？」

『処分した。痕跡を残す訳にはいかないからな。いずれ人間の血が必要になるかもしれないと思い、血液だけは残して保存しているが……』

人間の――血液。

それを聞いた時、私の胸の奥が疼《うず》いた。無性に喉が渇く。

……不思議だ。前に、魔物の血を飲むかと提案された時はなんともなかったのに、人の血液があると知った瞬間、渇いて渇いて仕方がない。

思い返せば、屋敷を追放されてから今まで、一度も『吸血』をしていなかった。

それは私が『高貴なる夜の血族』という特殊個体で、普通の食事だけでも十分に生き永らえる存在だったから。

死なない程度に最低限の食事をしてきた反動なのか、私の吸血鬼としての本能が、人間の血を無性に――欲している。

「クロ。血、欲しい……」

『そうだろうと思い、一本だけ持ってきた。首のやつだ』

ふさふさの毛の間から、真っ赤な液体が入った瓶がぶら下がっている。珍しくお洒落しているなと思っていたけれど……そっか、これが…………。

クロが私に近づいて、首《こうべ》を垂れる。

手を伸ばして瓶《びん》を取ってキャップを開けると、血の匂いが鼻腔《びこう》をくすぐった。

「……いただきます」

人の血を飲むという行為。吸血鬼にとっては当たり前の食事なのに、久しぶりに吸血できると思っただけで、口の中が唾液で溢れかえった。それだけ、私の体は血液を欲していたんだ。

「……ん、…………ん、んく……っ、ふぁ……」

久しぶりに口にした血は、とても甘くて、とっても美味だった。

嗅いだ時よりも濃厚な香りが口の中いっぱいに広がって、それが脳に到達した瞬間、私は今までにない快感を覚えた。

「ん、ん……ん……」

採りたてだったのかな。瓶の中身は、ほのかに温かい。その温かくて心地のいい液体が喉を通ってお腹に落ちる。

そこからじんわりと熱が広がるのを感じた私は、ホッと一息ついた。

「……美味しぃ」

これを一度口にした私は、これの虜《とりこ》になってしまった。

今まで食べたお肉とか、野菜とかよりもずっとずっと……美味しい。

例えるなら、お魚の美味しさをギュッと詰め込んだもの。それが一滴に凝縮されている。

私の中の全てが満たされる。

睡眠とはまた違うけど、これも幸せだと感じた。

ああ、本当に美味しい……。

瓶の中に残る一滴すらも惜しくて、いつまでも瓶の口をペロペロと舐《な》める。お行儀が悪いって怒られそうだけど、その後のことなんて気にならないほど甘くて、幸せだった。

ようやく最後の一滴まで飲み干して、唇に付いた血液も舌で舐め取る。

『満足してもらえたみたいだな』

私の食事が終わったのを見越して、クロは空になった瓶を回収してくれた。

「……うん。とっても、美味しかった」

『それは良かった。次に起きた時も持ってくるようにしよう』

今までは魔物が食べるようなご飯で良かった。それで大丈夫だと思っていたけれど、改めて血液の味を知ってしまったら、もうあれがないと満足できない体になっちゃった。

だから、これからの私の主食はお魚か、誰かの血液になると思う。寝起きに最高のご飯。それを考えただけで、また……お腹が空いてきた。

「ありがとう。お願い」

『お安い御用だ』

満足げに頷き、私はもふもふの中に沈む。

「それじゃ、私は、寝る……」

『っと、すまない。もう少し待ってくれるか？』

ゆっくりと瞼を閉じようとしたところに、クロが待ったの声を掛けた。

「……ん、なに……？」

『引き止めて申し訳ないが、捕虜にした人間をどうするか決めてほしい』

「ほ、りょ……？」

首をかしげる。

「人間は、全員殺したんじゃないの？」

『我々と敵対したのは王国騎士のみだ。奴らの後方に居た冒険者の三人は降伏し捕虜《ほりょ》になった』

「…………あ～、…………」

言われてようやく思い出した。森に入ってきたのは、王国騎士？の人達だけじゃなくて、冒険者も三人居たんだっけ。

　その人達はクロの言葉に従ってくれたみたい。単に命を優先しただけなのかもしれないけど、無駄に殺さずに終わったことを知って、安心している私が居る。

「その人達と、会ってみたい」

『――ダメだ！』

「っ！」

　初めて聞いたクロの大声。

　驚いて、ビクッと体を揺らしちゃった。

『……すまない。驚かせたな』

「ううん。私も急なことを言った。ごめんなさい」

『いや、今のは我が悪い。……だが、人間と会わせることはできない。特に冒険者は欲深く、我々のことを金の材料としか思っていないのだから』

　クロの言いたいことは、分かる。魔物は沢山狩られて、人間達はそれでお金を稼いでいる。

　捕虜にした冒険者は、特に魔物狩りを専門としている人達だ。クロが冒険者のことを悪く言うのも、無理はないと思う。

　――でも、

「あの人達は一度でも、そう言ったの？」

『そ、れは……』

「私は、その人達のことを知らない。それでも、クロ達の提案を聞いてくれた。普通だったら、敵に囲われるくらいなら必死に逃げるか、抵抗すると思う」

なのに、その人達は逃げも戦いもせず、こちらの言葉に従ってくれた。

「危険はない、とは言えないかもしれない。もしかしたら私が思っている以上に、危険なのかもしれない。……でも、このままだったら、みんなが納得しない」

理由がなんであれ、私は、私の命令で人間を街に招いた。魔物達は今すぐ殺したいだろうに、私のお願いを優先してくれたんだ。

それでも、心の底では不満を持っている魔物が居ると思う。

だから、不満を持っている眷属のために、「この人達は危険じゃないよ」って教えてあげなきゃいけない。それをしないと、これから街で暮らすことになる人間も、元からこの街に住んでいる魔物もみんな……嫌な気持ちになると思うから。

みんなの機嫌が悪くなると、私も居心地が悪い。

それは私の安眠にならないから、解決できるなら、そうしたかった。

『……主の言いたいことは分かる。だが、』

「だったらクロが守って。人間が少しでも怪しい動きをしたなら、クロの判断で殺してもいい。だから、お願い」

クロの、黄色に輝く綺麗な瞳を、じっと見つめる。

それから数秒後。クロはわざとらしく、大きな息を吐き出した。

『一週間だ。……一週間、人間を監視させ、その間に怪しい動きを見せなかったら、主と会わせる。それが条件だ』

「ん、それでいい。ありがとう」

『気にするな。元より、主の決定を否定することなんて、我々にはできないのだから』

「……それでも、我慢してくれてありがとう」

多分、クロは今でも私と人間を会わせたくないんだと思う。

それでも私の言葉だからって、自分の考えを押し殺して聞き入れてくれた。そのことに感謝しているからこそ、私はクロに感謝の言葉を贈る。

『それでは一週間後まで、主はゆっくりしていてくれ』

「うん、おやすみ……」

『ああ、おやすみ……我が主』

クロは部屋を出て行く。

その尻尾を見守った私は、再びもふもふの中に沈んだ。

◆◇◆

私が起きた時、そこは私の部屋じゃなかった。

「…………ぅ、ん……あれ？」

ここは前に来たことがある……というより、運ばれたことがある？

今私が居るのは、神殿だった。

でも、前に見た時とは少し風景が違う。クロから改装したって聞いていたから、多分そのせいなのかな？　と言っても面影が少し残っていたから、すぐに分かった。

どうしてまたここに運ばれたのかを考えるより先に、私は眼前に並ぶ三人の人影に気がついた。

それは人間だった。

彼らは一心に私のことを見つめて、驚いたように目を丸くしている。

「…………………」

人間さんの反応は気になったけれど、まずは状況確認。

首だけを回して周囲を見渡す。

「あ、クロだ。それにみんなも……おはよう」

私の後ろ側には、クロを含めたフェンリル達が勢揃いして並んでいた。

『ああ、おはよう。我が主』

クロが挨拶した後に、みんなもそれぞれ挨拶を返してくれる。

『主よ。すでに気付いていると思うが、そこの三人は』

「……人間、さん？」

『………そうだ。この者達は主との約束通り、一週間、大人しく生活していた。我としてはまだ不服なのだが、主の願い通り、謁見《えっけん》を許すことにしたのだ』

その言葉通り、本当に不服そうに声を唸らせていた。

だから、なのかな……クロはずっと人間さんに敵意をぶつけていて、人間さんが怖がっている。

「クロ。気配、うるさい」

これじゃあ話にならない。

だから静かになってもらいたくて注意したんだけど、後ろに控えていたクロ以外のみんなが『ブフッ！』と笑い出して、クロはぷるぷると小さく揺れ始めた。

どうしたんだろう？

急に震えちゃって……あ、もしかして、

「トイレ？」

『違う』

……違うみたい。

『はぁ……我々は静かにしているから、主は好きなようにしてくれ。

――くれぐれも、主に無礼のないように』

後半の言葉は私に向けた言葉じゃなくて、三人に向けた言葉だった。

それだけで人間さんは、ビクッと大きく体を震わせる。

「クロ。お口チャック」

『ぬぅ……』

やっと静かになったから、私は前に向き直る。

「ん、やっと、会えた」

会うことだけを考えていたから一応、目標達成したって言える……のかな？

だから、もう彼らに用はない。

なんとなくだけど、私はその人に流れている魔力だけで性格を大まかに知ることができる。

この人達は悪い人じゃない。

それが分かっただけで、今日こうして出会った意味はあったと思う。

…………会話？　なんか眠くなっちゃった。

「もう、いいや……魔物に危害だけは加えないで、静かに暮らしてほしい。それから、えっと……なんだっけ。…………………おやすみなさい」

「ちょ、ちょっと待ってくれ！」

そう言って瞼を閉じようとしたら、急な大声が神殿に響き渡った。

……………びっくりした。


『貴様らァ！』

私の眠りを邪魔した人間に、クロは激怒している。

今にも三人を噛み殺しそうな迫力に慌てて止めたけれど、それでもクロの怒りは収まらない。

「俺達はどうなる。どうするつもりだ？」

私が再び目を開けると、三人のうちの一人が口を開いた。

三人組の中では一番体格が良くて一番に口を開いたから、多分この人がリーダーなのかな？

「三人をどうするか、は……もう聞いていると思うけど……」

私が後ろを振り向くと、クロは頷いた。

ちゃんと話しているって反応だ。そこら辺はしっかりしているから、安心。

「だが、信じられないんだ」

『貴様！　主の言葉が嘘だと抜かすか！』

「クロ。静かにして」

『ぐぬぅ……！』

顔を歪めて、クロは引き下がる。

「ここにいる限り、安全は保証する。最初は居心地悪いかもだけど、我慢して」

「俺達を外に出す気はないのか？」

「外に出したら、この街のことを話すでしょう？」

「それは……そうだな。俺達も調査のために来たから、最低限の報告はしなきゃならない。だが、悪くは言わないと約束する。魔物達の街は人間に害を及ぼさないため、討伐隊を組む必要はないと、ギルドマスターに報告する」

報告……それはダメ。

私の居場所、私の安眠が、人間に壊されるのは嫌だ。この三人は良いけど、他は信用できない。

実際、騎士の人達は有無を言わさず殺し合いになったし、流石の私も、死闘が繰り広げられているところで落ち着いて眠ることはできない。

寝ようと思えば一応眠れるとは思うけれど、多分うるさくて安眠はできないから、この街に他の誰かが来る可能性だけは絶対に――ダメ。

「無理。外には出せない」

優しさで見逃すことは、できる。

でも、そのせいで街のみんなに迷惑が掛かるなら、その優しさは害になる。

敵に甘くするのは難しいってことは、人間も分かっていると思う。それでも三人は無理を承知で、外に出してほしいってお願いしているんだ。

「頼む。俺達を帰してくれ。すぐに戻ってくる。仲間に、ギルマスに俺達の無事を知らせたいんだ」

「でも、信じられない」

私は、この人達の心を読むことはできない。

人間の国に戻って、無事を知らせた後、約束通り戻ってくるとは限らない。ギルドマスターっていう人に事情を話して、匿《かくま》ってもらうことだってできる。そうすれば私達は手出しできなくなる。

魔物は人間の国に入れない。近づくだけで殺される。私の眷属は簡単に死なないけれど怪我はする。痛みも感じる。だから、逃げられたら何もできない。

その事情の中に私達のことを話されたら、この街に向けた討伐隊が組まれる。

もしかしたら、この人達は約束を守ってくれるのかもしれない。

もしかしたら、この人達は約束を守ってくれないかもしれない。

その『もしかしたら』の選択が、私達の未来を大きく変える。

いつもならクロ達に全部任せているけど、これは私にも関係がある。この場所がなくなったら、私の寝るところもなくなっちゃう。

だから、長である私がこうして、人間と話している。

仲間を代表して、私が彼らへの対応を間違えることはできないんだ。

『貴様ら、我が主の決定に逆らうとは……！』

——ぷっつん。

「クロ。退場」

『なっ……!? あ、主！　それだけは、それだけはどうか、許し』

『はいはーい。うるさい番犬はお外で待機しましょうねー』

『お、おいやめろ！　シュリ！』

『気持ちは分かるけどさぁ。姫様の邪魔をしちゃダメだって……』

『ロームまで！　っ、この……！　我は主のことをお守りうぉおおおお！！！』

　バタンッと神殿の扉が閉められて、やっと静かになった。

「やっぱり国に帰すことは……無理。人間を信用できないから、私達はこの街に留まるか、死ぬかを選択させた。それを理解して、三人はこの街に来た。……違う？」

「それは、そうだが……」

「でも、帰りたい？　なんで？」

「残してきた奴らに、別れを告げるためだ」

　そう言って私を見つめる瞳は、とても真っ直ぐで、とても綺麗だった。

　きっと、この人達はやり残したんだと思う。元の居場所に戻りたいのは、そのやり残したことを終わらせるのが目的なんだよね。

　でも、

「ダメ。外には出せない」

　どんなに願っても、どんなに必死でも――私の考えは変わらない。

「考えが変わらないのなら、今日は帰って」

「まだ話は――っ、くっ！」

　私の背後から、濃厚な殺気が飛んだ。

それは唯一、この場に残ったラルクのものだ。これ以上、私への無礼を許すことはできないと、そう言っているように思える。

三人はその殺気を直に受けて、何も言えなくなっていた。

ずっと俯いていた女の人は、恐怖に耐えられなくなったのか、泣いている。

可哀想だとは思う。でも、これは仕方のないことだから……私は何も言わない。

「考えが変わったら、また私のところに来て……ふぁ……ん、」

欠伸を一回。私はそのまま、静かに意識を落とした。

◆◇◆

それからというもの、人間さん達は大人しくしているらしい。

……正直に言ってしまえば、意外だった。

もっとしつこく「外に出してくれ」って言ってくるかと思っていたのに、必死にお願いしてきたのはあの時の謁見だけで、その後は少しずつだけど、魔物達の交流の機会を増やしているみたい。

魔物達も、そんな三人と向き合おうと頑張っているみたいで、嬉しく思う。

私が人間の滞在を認めたことも理由の一つだけと思うけれど、三人は魔物相手に何一つ手出しをしていなかったというのが、一番の理由なんだとか。

クロが選択肢を与えた時も、真剣に自分達の生きる道を考えて、その提案に乗った。

最初に魔物に手を出して、最後まで敵対した王国騎士達は——全員死んだ。

一人も森から出すことなく、狩り尽くしたと報告に上がっている。彼らの残骸や装備品は、使える物以外は全て処分した。これで、再び調査に訪れた人達に、痕跡を辿られることはない。

魔物達は騎士に恨みを持っているけれど、その時に何も手出ししなかった冒険者の三人には、あまり恨みを持っていなかったのかな……。

でもやっぱり、両者の種族の違いが、まだ溝として残っているみたい。

『時間が経てば両者の溝も埋まるだろう』って、クロは言っていた。

私も、そうなってほしいと思う。

一緒の場所に住んでいる以上、種族がどうであれ仲間は仲間だ。

何か許せないことをした場合は仕方ない。

でも、そうじゃないなら……なるべく仲良くしてほしい。

いつも寝てばかりでみんなと交流したがらない私が、そんなことを言える立場なのか分からないけど……。


冒険者の三人は、住居を組み立てる手伝いを積極的にしてくれているらしい。

人間の建築技術は魔物にないものだ。魔物はその知識と技術を教えてもらって、順調に技術の向上ができているから、とても助かっているみたい。

これで街が更に発展するって、クロは嬉しそうに言っていた。

……まだ三人のことは信用していない。

このまま何年も一緒に暮らして、三人のことを信頼できるようになったら、一度くらいは自由に行動させてあげても良いかな、って思う。
でも、それはまだ遠い未来の話。
私は人の心は読めない。
だから、そういう判断は慎重にやらなきゃいけないんだ。

第５章　穏やかな時間

ずっと眠っている私でも、たまには目を覚ます。

それは一週間に一回くらいの頻度で、一時間ほどすればまた眠くなるけど、それでも一応起床したって言えると思う。

その珍しく起きている短い時間、私はより良い快眠のためにちょっとだけ動く。

頭を使えば脳が疲れる。

何かに集中すれば、その分眠くなる。

そうやって何かをやった後は、気持ち良く眠れるんだ。

でも、体は動かしたくない。

そこで私がやっていたのは、手だけを動かす玩具で遊ぶこと。

屋敷ではいつも、パパとお話しながら、それで遊んでいた。

使用人から色んな技を教えてもらって、また眠くなるまでそれを練習して、できるようになったらパパに披露して、凄いねって褒めてもらった。

でも、今はもう……それで遊ぶことはできない。

私が持っていた玩具は全部、追放される時に没収されちゃったから。

だから、何かしようにも何もできない。

ただボーっとお外を覗くのもいいけれど、いつも同じだと流石に飽きる。今までは色々な玩具があったのもあって、ちょっとだけ退屈だ。

そこで私は考えた。

みんなが頑張っている間、私も何かしよう……って。


左手には木材。右手には、木を削る道具みたいなやつ。

ガン、ガンッ。と木材を叩いて削る。その度に木材のカスが飛び散るけれど、ベッドが汚れないように布を敷いているおかげで、私もベッドも無事だ。

『主。何をしているのだ？』

その様子を部屋の隅から眺めていたクロから、質問が飛んできた。

「……秘密」

木材から目を離さずに答える。

少しでも手元が狂えば失敗しちゃうから、慎重に、慎重に……。

「…………………ん、……」

瞼が重くなってきた。

いつもだったら途中で投げ出すんだけど、もうちょっとで終わりそうだから……最後の気力を振り絞って腕を振る。

やっと私の思い通りの形になったんだ。

ここで失敗したら、多分……すっごく悔しくなるから。

「ん、しょ……」

先端が針みたいに尖っている道具で穴を開けて、そこに糸を通せば――。

「できた」

うーん、ちょっとだけ不恰好？

でも、初めてにしては良くできたほうだと思う。

『これは……星、か？』

私が作ったのは、お星様の首飾り。

起きてから作り始めて、一時間とちょっとかな？

「クロ、あげる」

『我に？　……いいのか？』

「ん、クロにプレゼント。受け取ってくれる？」

『ああ、ああ！　もちろんだ！』

クロの首に輪っかを通して、ちょっと離れて眺める。

……うん。似合ってる。

『しかし、主よ。プレゼントはとても嬉しいのだが、急にどうしたのだ？』

「…………んー、見分けるため？」

最近になって急に、街の人口が増えてきた。

今までは魔物ばかりだったけれど、人間も街に住むようになった。

「フェンリルって見た目は同じでしょ？　姿を見ただけだと、誰かを判断するのは難しいと思ったの。だから、目印があったほうがいいんじゃないかな、って……」

『なるほど。そのための首飾りか』

「……ん。前にクロが持ってきてくれた、人間の血が入っている瓶を見て、これなら私でも作れそうだなって思った。だから、プレゼントは首飾りにしたの」

お星様の形にしたのも、ちゃんと意味がある。

夜の星々はとても綺麗。それを眺めながら眠るのは、好きだ。

だから、一番好きなクロにお星様をプレゼントした。

今はクロの首飾りしかないけれど、いつかフェンリル全員分の首飾りを作りたいな。

みんなに似合いそうな形は、もう考えてある。

ロームは牙。

戦うのが好きだって言っていたから、フェンリルが誇る牙を。

これからもその牙で頑張って街を守ってね、って願いを込めて。

ラルクは月。

いつもクロの補助をしてくれるから、お星様と同じものを。

丸いお月様と欠けたお月様で迷ったけれど、欠けたほうがカッコいいからそっちを選んだ。

シュリは花。

唯一の雌だから、せめて可愛いものを。

種類がいっぱいあって色々考えたけれど、私が好きな丸くて優しい色のお花を選んだ。

全員に意味があって、頑張って考えたから……喜んでくれると嬉しいな。

『喜ぶさ。喜ばない訳がない』

「…………本当？」

『本当だ。主の手作りだぞ？　泣いて喜ぶに決まっている。……我だって、今すぐにでもこの喜びを表現したい。他の皆に自慢したくて仕方がないのだ』

面と向かってそう言われると、恥ずかしい。

少しでも役に立てたらいいなって軽い気持ちで始めたことだけど、クロが言うように喜んでもらえるなら、頑張った甲斐がある。

「……ありがとう」

『ああ、こちらこそ。ありがとう。一生大切にする』

これで睡眠までの時間を潰せた。

クロにプレゼントも渡せたし、すごく喜んでもらえた。

それが嬉しかった。

頑張って良かったな。他の三匹の反応も、楽しみだな。

「……ふ、ぁ……あぅ……」

欠伸を一回、ベッドに横たわる。

集中して頑張ったおかげで、眠気はすぐにやって来た。

◆◇◆

「…………ん、にゅ……は、ふぁ……ぁ」

微睡みから目覚める。

こうやって自分から目を覚ますのは、珍しい。

最近は忙しくて、いつも誰かに起こされたり、外から聞こえてくる音に起こされたりしていたから、自然と目が覚めたのは久しぶりだ。

それは、この街は平和だっていう証拠なんだと思う。

叶うなら、ずっとこんな生活が続けば良いな……。

『お目覚めですか？』

感情は少ないけど、私のことを想ってくれる優しい声が頭上から聞こえた。

「おはよう、ラルク。…………久しぶり？」

『おはようございます、クレア様。そうですね。俺が当番の時はずっと眠られていたので、話すことはありませんでしたから……久しぶり、と言えるでしょう』

「……むぅ…………ラルクも、お話したい？」

『話したいのは正直なところですが、俺は、クレア様のしたいようにしてほしいと思います。俺のために起きる必要はありません。どうか、気の済むまでお眠りください』

静かにそう言ったラルクだけど、本音はもっと話したいって感情が私の中に流れ込んでくる。

契約した魔物の、強い感情は私のところに流れてくる。

だから、この想いはラルクの本心なんだ。

「……ん、ラルク。ありがとう」

私が、この子に返せるものはない。

なのにラルクは、私が無防備に寝ている姿を、ずっと守ってくれる。

だから、せめてものお礼に、私はラルクの頭を撫でた。

「ありがとう」って、その言葉も一緒に添えて。

『勿体なきお言葉です』

ラルクの尻尾が、ブンブンと揺れる。

それはちょっとした風を生み出して、部屋の空気が少しだけ巡回した。

「今日は、何もなかった？」

『はい。平和そのものだと聞いています』

「……なら、良かった」

魔物は数が多い。

……今は、どのくらい居るんだっけ？

正確な数は把握していないけど、凄い数になっていると思う。

それを全部クロ達は管理してくれているから、クロにも改めてお礼を言わなきゃ。

こんなに数が居て、ずっと平和に暮らせているのは凄いことだと思う。

みんなが私と契約しているから、余計な争いが生まれないのかもしれない。

でも、それでも……それぞれの魔物にはそれぞれの考えがあって、意見が食い違うことだってあるのに、外部からのトラブル以外での衝突が何一つ起きていないのは、奇跡に近いんじゃないかな？

「みんな、凄いなぁ……」

思わず口にしてしまった言葉。

それに偽りはなくて、本心から出た言葉だった。

「みんな、頑張っている……すごい」

『……そんなことはありません。皆、クレア様が居るから、こうして共存できているのです。全て貴女のおかげですよ』

ラルクはそう言ってくれた。

慰めとかじゃなくて、本心からそう言ってくれているんだって分かった。

私は、一族に捨てられた吸血鬼だ。

それなのに森の中でクロと出会って、フェンリルのみんなと契約して、そして魔物が傘下に加わって、人間も街に来て――仲間が増えた。

私はただ寝ていただけ。それが私のやりたいことだから、ずっと眠っている。

でも、そんな私の周りには、いつの間にか多くの眷属が集まっていた。

――人生、何が起こるか分からない。

何百年も生きていたパパは、懐かしそうに目を細めて、そう言っていた。

その気持ちが、今なら分かる。人生は、何が起こるか分からないんだ。

だから、今を大切にしたい。

今こうしていられる平和な時間を、大切にしていきたいと、私は思う。

…………一番は睡眠だけど。

◆◇◆

『――、――、――ということなのだ。問題ないか？』

「うん……ぅん……ん…………ぐぅ……」

『主？』

「んにゃ……？」

『聞いていたか？』

気がつくと、私の前にはクロが居た。

小さな部屋に合わせて、サイズも普通の狼くらいになっている。

でも、フェンリルの強大な力は隠し切れていなくて、小さいのに凄い威圧感……。

今は私の前だから最小限まで抑えているみたいだけど、それでも私が凄いと思うんだから、本気を出したフェンリルはもっと凄いのかな。

改めて、クロ達って凄いんだなぁ……と、しみじみ思う。

……………。

……………………。

……………………………ぐぅ。

『主』

『姫様』

「……むにゃ…………ごめん。聞いていなかった」

そういえば、何かの報告を聞かされている途中だったような気がする。

……なんだっけ。内容を全く思い出せない。

私は頑張って思い出そうと頭を回転させて、ぽんっと手を叩く。

「……そうだ。お日様に当たりながら、みんな一緒に並んで、お昼寝した話だよね」

『『…………………』』

そう口にしたら、私を見つめるクロ達の瞳が優しくなった気がする。

みんな、いつも私には優しいけれど……今日はいつにも増して優しい気がする。

何があったんだろう？

『……………………楽しかったか？』

「うん。楽しかった。とてもポカポカしていて、気持ち良かった……」

『そうか。……また、日を改めることにしよう』

「ん、お話終わり？」

『ああ。主はまだ眠り足りないようだから、またの機会にしよう。緊急の用事だからと無理に起こして、すまなかった』

「んー ん、クロとのお話は楽しいから大丈夫。じゃあね、おやすみなさい」

『おやすみ、我が主』

クロは部屋を出て行く。

……あれ？　緊急の用事？

みんなで一緒に寝た話が、緊急のお話だったのかな。

それの何が緊急なんだろう……？

私には分からなかったけれど、クロはまた来るって言ってくれたし、その時に聞いてみようかな。

『姫様は本当に、可愛いねぇ』

「かわい、い……？」

今日の当番をしてくれるロームは悩む私を見て、口の両端をつり上げ陽気な声でそう言った。

「私は可愛い、の？」

自分の見た目なんて気にしたことなかったから、私が可愛いか可愛くないかなんて、今まで一度も気にしなかった。

『うん。可愛いよ。勿論見た目だけじゃない。その性格や仕草、口調と声。全部が可愛くて、みんな……そんな姫様の何かしらに惹かれてここに留まり続けている。だから誇っていいよ。――姫様は最高に可愛い、ってさ』

「……ありがとう」

少し言い過ぎな気もするけど、本気で褒めてくれているんだって分かるから、私は感謝の言葉を口にした。

……恥ずかしいけど、可愛いって言われるのは嫌じゃない。

むしろ今まで言われたことなんてないから、ちょっと、嬉しいかも。

「でも、ね？　やっぱり私は、自分が可愛いかどうかは……分からない。他の子と比べたことないし、多分、みんなは私以外の子を見ていないから、そう言うんだと思う」

この世界のどこかには、私以上に可愛い人は居ると思う。

その誰かと魔物達が出会ったら、みんなは変わらず私に『可愛い』って言ってくれるのかな。

……そうだと嬉しいな。

『そうやって謙遜《けんそん》するところも、姫様らしいよ』

ロームは、よく私のことを褒めてくれる。

『安心して、俺達の眠り姫。世界中の誰よりも、俺達は姫様——貴女に忠誠を誓っているんだからさ。……だから、必要以上に気負う必要はないんだよ』

その言葉に、ハッとする。

「…………心配、してくれたの？」

『そりゃあ勿論。姫様が悩んでいるんだから、それを聞いて一緒に悩みを解決してあげるのも眷属の役目……そうでしょう？』

私は、迷っていた。

このままでいいのかなって。

街のことは基本、クロを主体としたフェンリル達に任せている。

でも、何か重大な決定を下す時だけは私のところにやって来て、判断を仰いでくれる。

信頼されているのは嬉しいけど、その度に私は……考えるのは苦手だなって思い知らされるんだ。

一応この街の最高責任者だから頑張って考えたいんだけど、考えているうちにどうしても眠くなっちゃう。

申し訳ないな、とは思う。

でも、クロが『主は主のやりたいようにすれば良い。そのための街なのだから』って言ってくれたから、私はその言葉に甘えて、眠り続ける日々を繰り返している。

一応、私が起きる度に街がどうなったかを聞いているけれど、次に起きた時は、また街のどこかが変わっている。

今更、私が手を下すことなんてない。

その分、私は好き放題眠ることができる。

嬉しいと思う反面、やっぱり申し訳ない気持ちもある。

でも私は怠惰な吸血鬼だから、何もできない。

何かをしたい私と、何もしたくない私が入り混じる。それはずっと、ぐるぐると頭の中を回っていて……こんな感情初めてだから、私はより一層、混乱しちゃうんだ。

ロームは、そんな私の悩みに気付いてくれた。

気付いた上で心配してくれて、何も問題はないよって教えてくれた。

「……ん。いつも、いつもありがとうね、ローム」

私はへにゃりと、笑う。

私のやりたいことに文句を言う人は、ここには居ない。

眠るだけの空間がここにある。そんな私のことを心配してくれて、こうして話し相手になってくれる配下が居る。それはとても幸せなことで、とても恵まれていることなんだ。

「ありがとう、ローム」

私は感謝の言葉をもう一度、その後、ゆっくりと瞼を閉じて――――。

『………………』

「ローム？　どうしたの？」

一瞬で気配が切り替わったロームに、私はびっくりして意識を覚醒させた。

いつもの飄々《ひょうひょう》とした、私に優しく接してくれる雰囲気じゃない。

どちらかと言えば、クロに近くて……何かを警戒して威圧する。そんな怖い雰囲気が、ロームから感じられた。

『…………何か、来る』

「来るって、」

『主！』

来るって、何が来るの？

そう言おうとした言葉の途中で、慌ただしく部屋に入ってくる影が一つ。

――クロだ。

ロームが言った、何かが来るの『何か』は、クロのことじゃない、よね？

なら、それは一体……。

「……クロ？　そんなに慌てて……どうしたの？」

私は、無性に嫌な予感を感じていた。

ドクンドクンと、心臓がいつもより強く鳴る。

この焦る気持ちはなんだろう。

どうしてこんなに、息が苦しいんだろう。

聞きたくない。でも、聞かなきゃいけない。

知りたくない。でも、知らなきゃいけない。

色々な感情が、私の中でぐるぐる回る。

『襲撃者だ！』

それはやっぱり、私が聞きたくない答えだった。

◆◇◆

襲撃者の報せを受けた私の側には、すぐにシュリとラルクが付いた。

この街で一番戦闘が得意なロームと、魔物達の総司令を務めてくれているクロは、すぐにどこかへと行ってしまった。

きっとどこかで、襲撃者と戦っているんだ。

今回の襲撃者は――魔物だ。

また人間がやって来たのかと思ったけれど、やって来たのは予想外の存在。

そのことに、私はまた驚いた。

だって、今まで魔物は私に優しくしてくれた。この街に来る魔物はみんな、私と友好関係を築いてくれていたから、私達の街を襲撃するなんて……今でも信じられない。

私は変わらず、いつもの部屋で待機している。

クロからは『絶対にここから動かないでくれ』って、お願いされたから。

私が下手に動くと、街のみんなは変な力が入っちゃって余計に迷惑が掛かる。

だから、皆の安全を祈りながら、私はじっと座っていた。

「……どうして、襲撃者が？」

急に敵対視されたなんて、おかしい。

私、何かしたかな。

私の知らないところで、眷属が何かやっちゃったのかな。

……分からない。でも、怖い。

私がようやく安心することのできたこの場所を、知らない誰かに踏み荒らされるって思うと、怖くて仕方がない。

「ねぇ、どうして急に……襲撃者が来たの？」

シュリとラルクに、私は問いかける。

すると二匹は顔を見合わせて、視線のみで意見交換し始めた。

『あのねクレアちゃん。……実は少し前から、街の周囲をコソコソ嗅ぎ回っている連中が居たのよ』

『奴らの言動は我らに筒抜けでしたが、まだ手を出してこないのであればと、奴らの行動に注意するのみでした』

——何かあっても、向こうから手を出さない限り、手荒なことはしないで。

それは私が、みんなにお願いしていたことだった。

手荒なことをしたら、より多くの被害を生むことになる。向こうがその気だったとしても、こっちが最初に暴力を振るってしまえば、悪いのはこっちだから。

そしたら仲直りできることも、仲直りできなくなっちゃう。

そう、思っていた、から…………。

「私の、せい……？」

私が「手出ししないで」って言ったから、自由に嗅ぎ回らせていた魔物達が街を襲撃してきたの？

無駄な争いをしたくない。誰かと争うくらいなら、みんなと仲良くなりたいって、そう思ったから……みんなが戦うことになったの？

私がそう言ったから、みんなが苦しむことになったの？

全部、ぜんぶ、私のせい…………。

『それは違う』

「…………ラルク？　シュリ？」

『今回のは我々が先に手を出していても、クレア様の言う通りにしていても、結果は同じでした。早いか遅いかの違いです』

『クレアちゃんの判断が争いを呼んだわけじゃない。コソコソと周囲を嗅ぎ回っている奴らが居るって早めに知ることができたから、皆はもしもの時のために準備を進められていた。クレアちゃんの言葉がなかったら、私達は何も考えずに手を出して、ロクな準備もないまま争っていたわ』

『クレア様のおかげで、万全な状態で戦いに挑むことができたのです。本当はもっと酷かったかもしれません』

『そうよ。クレアちゃん、私達を止めてくれてありがと。……大丈夫。絶対に、貴女のことは守ってあげるから』

ラルクとシュリは、私を包むように体を丸めた。

とても温かくて、とてもふわふわで、とても……安心する。

「本当、に……？　本当に私は、みんなの迷惑になってないの？」

『ええ。迷惑だなんて思わないわよ』

『もちろんです。我々を心配してくれている優しい言葉を、どうして迷惑だと思えるでしょうか』

その言葉に、私はとても安心した。

私はみんなの迷惑になっていなかった。

この争いは私のせいじゃなかった。

「………でも、私はみんなに謝らなきゃ」

『それは、どうして？』

「……みんなを戦わせることになっちゃったから……みんな戦うんじゃなくて、平和に暮らすことを望んでいたのに、戦わせちゃったから」

私も、同じ……。

争いの場所で、静かに暮らしたい。

誰にも邪魔されないところで、静かに眠り続けていたい。

みんなも同じことを願ってこの街に居るのに、今はみんなを戦わせている。

『皆はここを守りたいのです。クレア様の住むこの街を守りたいから戦っている。そんな彼らに贈る言葉は、謝罪などではなく、他の言葉にしてあげてください』

「他の、言葉……？」

みんなは、私達が大好きになったこの場所を、必死に守ってくれている。

そんな眷属達に贈る、謝罪ではない他の言葉……。

「……ん、分かった。みんなには、他の言葉を贈るね」

だから、早くこの言葉を言わせてほしい。

この街に住んでいる全員に。

この件を無事に終わらせて、みんなに言葉を贈りたい。

誰一人として欠けちゃいけない。

この言葉は全員に言わなきゃいけないって、そう思うから。

◆◇◆

魔物達の争いは、朝になるまで続いた。

眷属の魔物達は街の守りを固めて、襲撃者を誰一人として入らせないよう常に周囲を見張って、襲撃した魔物達との睨み合いがしばらく続いていたみたい。

でも、その睨み合いは……いや、その戦いは唐突に終わりを迎えた。

互いに動かず、ずっと睨み合っていれば、いつかは必ず集中力が切れて注意が疎《おろそ》かになる。

先にそれが訪れたのは――襲撃者側だった。

敵がそうなった一瞬の隙に、クロとロームが二騎だけで敵陣に乗り込んで、あっという間に敵側のリーダーを瞬殺《しゅんさつ》。司令塔を失った魔物達は一気に統率が取れなくなって浮き足立ち、魔物を囲むように待機していた他の眷属達が突撃した。

抵抗する魔物は皆殺しするつもりだったらしいけれど、残った魔物は揃って臆病だったみたいで、すぐに逃げちゃったんだって。深追いの必要はないと判断したクロは、全ての眷属を下がらせて、今は戦いの後処理に追われているみたい。


「…………ん、報告ありがとう。三人とも」

報告をしに来てくれたのは、元冒険者の三人。

名前は……なんだったっけ？

教えてもらった時はすごく眠かったから、忘れちゃった。

どうして彼らが報告に来たのか。

――理由は、彼らが元冒険者だったから。

三人は冒険者として長く活動していたみたい。

そのおかげで戦い慣れているから、誰よりも戦況をよく理解していた。

だからクロが手を離せない今、何があったかを分かりやすく説明できるのはこの三人が適任だろうって、今回だけは特別に報告係を任されたらしい。

「三人は、怪我……なかった？」

「クレア様の心配には及ばないさ」

「私達はまだ戦わせられないって、後方待機でしたからねー」

「ええ、俺達は安全そのものだったっすよ」

「…………そう。なら、良かった」

この三人とは、まだ『血の契約』をしていなかった。

この街で、彼らだけは私の影響下にない。

だから傷はすぐに癒えないし、死んだら終わり。契約で強化はされていないし、戦い方を知っているとは言え、契約の力で大幅に強化された魔物より――弱い。

彼らは人間だけど、もう街の一員だから……死んじゃうのは悲しい。

クロも同じことを思っていたみたいで、あまり戦闘には参加しないようにって、気を遣ってくれたみたい。

「それじゃあ、俺達はこれで」

「あ、待って……」

報告を終えて帰ろうとしたリーダーさんを呼び止める。

正直、今とても眠い。報告は聞き終わったし、このまま寝たいけれど、最後に聞きたいことが一つだけあるから、今だけはまだ我慢。

「……どうした？」

「少し、聞きたいことがあるの」

「聞きたいこと？　俺達が答えられることなら、別に構わないが……」

「うん、冒険者だった三人に聞きたい。死んだ魔物の素材、どうしたら、いい？」

襲撃して来た魔物達は、逃げた魔物以外は全員殺したって聞いた。

今は色々と後処理をしている最中だから、まだ死体は残っているんじゃないかな。

でも、その魔物達をどうやって処理すればいいか、私は知らない。クロも他の眷属達も、死体なんかそこら辺に捨てておけばいいだろうって、考えていると思う。

「魔物は肉さえ手に入ればいいだろう。一番楽なのは、捨てて燃やすことだな」

リーダーさんが言うことは、正しいと思う。

魔物にとって、他の魔物の素材なんて意味のないものだ。

邪魔だから適当な場所に捨てておけばいいだけの、その程度の価値しかない。

「でも、それでも死んだ魔物。無駄にはしたくない」

この戦いで、かなりの魔物が死んだと思う。

それを全部捨てちゃうのは勿体ない。

この前、クロが『建築の材料が足りないんだ』って困っていたから、今回の戦いで得られた魔物の素材を、どこかに有効活用できる方法があると嬉しい。

そう伝えると、リーダーさんは顎に手を置いて考え込んだ。

「…………それなら、売却だな」

「素材を売るってこと？」

「そうだ。どうせ捨てるのなら、金にしちまうほうが何倍もマシだろ？　そしたら不足している材料も買える。ここに来る前に様子を見てきたが、相当な量の魔物が死んでいたな。それを全部売ることができたら、当分は困らないはずだ」

「でも、素材を買ってくれるような人は、この街に居ないよ？」

それに、建築に必要な材料を売ってくれる人も。

ここは所詮《しょせん》――魔物の街。

独立するしかなくて、他に頼ることはできない。

……やっぱり、ダメなのかな。

「だったらよ。俺達を信じてくれねぇか？」

リーダーさんは真剣な表情で、そう提案してきた。

「俺達が魔物の素材を人間の国で売って、その金でこの街に必要な材料を買い揃えてくる。それなら、クレア様の考える有効活用になるんじゃないか？」

「三人が人間の国に行って、他の物を買ってくる？　でも……」

「俺達がまだ信用されていないのは十分に理解している。だが、クレア様の考えを叶えるためには、それしかないと思うんだ」

私は考える。

三人のことを信用した訳じゃない。でも確かに、その提案はいいものだと思う。

魔物の素材を売れば、お金になる。人間は、動物より頑丈な魔物の素材で装備を作るって聞いた。だから人間にとって、魔物の素材はいくらあっても困らないはず。

それを大量に売ればお金がいっぱい手に入る。そのお金で街に足りない物を買い揃えれば、この街にとっても十分な利益になる。

――でも、クロがそれを許すかな。

クロは特に、この街のことを第一に考えてくれている。

まだ信用しきれていない三人を街から出すことを、許すとは思えない。

たとえ私の言葉でも、否定するはずだ。

「……ごめんなさい」

その言葉に、三人の表情に影が落ちる。

「まだ三人を信じることはできない……でも、その提案はとてもいいと思う。だから、クロに提案してみて。それでクロを納得させられたら、私は三人の外出を許すよ」

影が落ちた三人の表情が、途端に明るくなる。

「いいのか!?」

「うん。でも、ちゃんとクロにこのことを伝えて。……シュリ、ラルク」

『はぁい。どうしたの？』

『クレア様。なんでしょう？』

「なるべく、この三人の味方をしてあげて？　シュリとラルクの言葉もあれば、クロも無下にしないと思うから」

三人だけで意見を言っても、多分クロは話を聞かない。

でも、同じフェンリルの二匹から後押しされたら、きちんと意見を受け止めて、真剣に考えてくれると思う。

『いいわよぉ。私も、その有効活用の意見には賛成だからね』

『俺も構いません。他ならぬクレア様のお願いですから』

「ん、ありがとう」

私は、この街の居心地がもっと良くなってほしいなって思う。今よりもっともっと平和になって、この先も争いなんか必要ない場所になれば、ずっと私は――静かに眠れるだろうから。

「クレア様！　感謝する！」

「ありがとね、クレア様！」

「絶対に成果を出します。待っていてくださいっす！」

感激した様子の三人に囲まれる。

フェンリル以外に触れるのは久しぶりで、ましてや人間に触るのは初めてのことだったから、少し驚いちゃった。

でも、こうして感謝されるのは悪くない。

囲まれて感謝されている中で、私はそう思っていた。

◆
◇
◆

元冒険者の三人が人間の街に降りることは、意外とすんなり許諾されたらしい。

これは予想外だった。

最初の頃は人間が何か行動する度に警戒していたから、今回だって話は聞いてくれても、受け入れるのは難しいんじゃないかなって思っていたのに……。

『主が許可したのだから、我が許可しない訳にはいかないだろう』

「どうして受け入れたの？」って聞いたら、なんともクロらしい返答が返ってきた。

私の決定があったから、三人が街を出る許可をした。

やっぱり、三人の証言だけだったら、クロは話すら聞かなかったと思う。

シュリとラルクに後押ししてもらえるように頼んで、二匹も味方になってくれたから、クロは三人を無下にせずに話を聞いてくれた。

私が二匹に味方をするようにと言ってくれたからだと、三人からは何度もお礼を言われたけれど、私は助言しただけだから、お礼を言うのは味方をしてくれた二匹に言ってあげてほしい。

とにかく、三人が街を出て人間の国に行って、今回殺した魔物の素材をお金に変えて、補給物資を買い込んでくる……という計画は順調に進んでいた。

でも、すぐに問題と直面したらしくて、クロと元冒険者三人がやって来た。

「………付いて行く、メンバー？」

『そうだ。誰を連れて行けばいいのか。その人数などで、どうするかと議題に上がっているのだ』

街に行くのは三人と、魔物。

魔物は監視のために付いて行くことが決まった。

黒い魔物を連れて行けば人間がびっくりしちゃうかもしれないけれど、三人が魔物を『テイム』したことにすれば大丈夫だって、三人が助言してくれた。

私達が居る中央区に、人間はほとんど寄り付かない。

だから情報にない魔物が居ても「そうだったのか」って納得してくれるし、この三人なら、中央区の魔物をテイムできてもおかしくないと思われるくらいには、実力を認められているんだって。

それで、三人に付いて行く魔物を誰にするか……だっけ？

「フェンリルの、誰かじゃないの？」

『それは確定なのだが……』

フェンリルの誰か一匹だけが付いて行けば、それで問題ない。フェンリルは他の魔物と比べて、格が違う。この街に住む魔物全てと戦わせても、フェンリルが勝つと思う。それだけ実力差があるクロ達だから、一匹だけ連れて行けば問題ないと思っていた。

「何か、あったの？」

『……うむ』

でも、クロは納得していないみたい。

今日の当番のシュリも、誰が行くかという話になってから、少し不機嫌だ。

『ねぇクレアちゃん。三人と一緒に人間の国へ行くというのは、街を数日離れることでもあるのよ』

「……うん。それがどうしたの？」

この森と人間の国は、当然ながら離れている。

人間の足だと沢山の時間が掛かるし、今回は魔物の素材も持っていかなきゃだから、余計に沢山の時間が必要になる。

だいたい一週間くらい、かな？

急いでもそれくらいは掛かるんじゃないかって、それが三人の予想だ。

……それの何がダメなんだろう。

言い聞かせるように教えてくれても、やっぱり何が問題なのか分からない。

『ここを数日離れるってことは、その間、クレアちゃんの当番ができないってことじゃない！』

――嫌よそんなの！

と、シュリは体を震わせて拒絶を示した。

…………………………………………………………………………へぇー。

「数日離れるくらい、私は我慢できるよ？」

『私達はできないの！』

「…………おぉ……」

上から来る迫力が凄すぎて、私は言葉を失くした。

まさか、そこまで私と離れることを嫌がるとは思わなかった。

……でも、別に一生の別れって訳じゃないし、魔物も私も、寿命はないようなものだから、たとえ一週間でも一ヶ月でも、一瞬と変わりない。

そう思っていたけれど、みんなの反応を見る限り、間違っているのは私のほうなのかな？

「クロもシュリも、他のみんなも……過保護すぎ」

『だってクレアちゃん。ほっとくとどこかに流れちゃう気がして……』

「そんなこと、ないよ？」

…………多分。

『いいや、危険だ。主は周囲が焦土《しょうど》になっていようが眠り続けるだろう？　そんな御方《おかた》から目を離すなど……考えたくもない。片時も離れることなんてできない』

「ぐぅ……反論できない」

私は眠り続けることができれば、それでいいと思っている。

それに加えて私は物理攻撃と属性攻撃の全てに耐性を持っているから、クロの言った通り、周囲が焦土に変わっていても眠り続けられる。

いや、でも流石に一回は起きると思うよ？

その後は………多分、気にせずに寝ているかもだけど……。

でもでも。最近は睡眠したいっていう願いの他にも、安心してゆっくりできる場所で静かに眠りたいなって思うようになってきた。

だから多分、周りが焦土になっていたら文句くらいは言うと思う、よ？

「私には他のみんなが居るから、安心して？」

『誰かじゃないの！　他でもない私がクレアちゃんを見守っていたいの！』

えぇ？

「………じゃあ、御託抜きに行きたくない……ってこと？」

『そうよ！　悪い!?』

「………おぉう」

包み隠さない逆ギレで、私はまた——言葉に詰まった。

「でも、誰かが行かなきゃ、監視にならないよ？」

『それは分かっている。……だが、本能がそれを否定しているのだ』

本能とまで言っちゃうんだ。

それは凄いや。

「みんな、私から離れたくないの？」

『うむ』

それは困った。

だからって三人だけで行かせるのは問題がある。まだ三人を信用していないから、誰かを付き添いで行かせることで納得していたのに、ここで誰も行きたくないときた。これは予想外。

『しかも、まだ問題は残っている』

「………なに？」

『今回、襲撃して来た魔物は約500。そのうちの100は逃げてしまったが、それでも400体の魔物の素材を運ぶとなると……』

「三人だけで運ぶの、難しい？」

「……ああ、そうだな。馬車が何台かあればまだ良かったのだが、この街にある馬車は、冒険者の三人が来る時に使っていた一台だけ。少なくとも数十回は往復することになる」

「………ふむぅ……」

数十回も往復していると、最後に残った素材は腐っちゃうかもしれない。それは勿体ない。可能なら全部を売りたいけれど、馬車一台だと難しい、か………。

――あ。

『あれ』があったことを思い出して、ぽんっと手を叩く。

「いい物、あるよ」

こういう時に役立つ、便利な物を忘れていた。

今はどこにあるか分からないけれど、ダメ元で呼び出してみよう。

「【血溜まりの棺桶】――来て」

指を噛んで、血液を床に垂らす。

するとそれは徐々に形を作って、私がすっぽり収まれるくらいの棺桶になった。

『主、それは？』

「……ん、私の棺桶。この中にいっぱい荷物を入れられる。すっごく便利なの」

この棺桶は私の血液でできているから、持ち運びが便利。

でもそれは『私が運ぶ』という前提だから、他の人が使うならこの棺桶を持って直接運ばないとダメだけど……この棺桶の中の上限はほとんどない。

ついでに中は常に新鮮な空気が循環しているから、素材が腐ることもないと思う。

だから、魔物の素材くらいは余裕で入るんじゃないかな。

「……なるほど。収納袋のようなものか」

クロ達には馴染みがないものだから、説明しても首をかしげるだけだったけれど、元冒険者の三人は心当たりがあるみたい。

「収納袋？」

「ああ。見た目は小さな袋なんだが、見た目以上に荷物を収納できる。そんな魔法付与がされている便利な道具だ。……だが、便利なのもあって高値で取引されているのが難点で、持っている奴は少ないんだ。この棺桶は、それと似たような物なんだろ？」

「…………うーん？　……うん。そんな感じ？」

「だが、貴重な物だろう？　俺達が借りていいのか？」

リーダーさんが言うには、収納袋は貴重で高価だから、ほとんどの人が持っていないらしい。

それでも欲しがる人は沢山居て、手に入れられないなら他人から奪えばいいって考える悪い人も、少なからずいるみたい。だから収納袋を持っている人は、盗まれないように気をつけるんだって。

私の棺桶は、見た目も大きさも目立つ。収納袋と同じ機能があると知られたら、そういう悪い人達が寄って来るかもしれない。悪い人達は、奪うためならどんなことだってする。

だから、危険かもしれない。

それでも貸していいのか？　って、彼は言いたいみたい。

「別に、問題ないよ？」

でも、そんなのどうでもいい。手に入れられないなら奪えばいい、って考え方の人がいるのは少し残念だけど、私は別に盗まれても気にしないから。

「この棺桶は私の血液。盗まれても呼び戻せる」

盗まれようが、遠くの場所に運ばれようが、私と棺桶は血で繋がっている。

だから問題ない。

この棺桶の存在を思い出したのはついさっきのことだし、それまでは多分、私が追い出されたお屋敷に放置されていたか、私と同じように捨てられていた。

でも問題なく手元に呼び出せたから、誰かに盗まれても問題はないと思う。

「これで、一回の往復で全部運べると思う。取り出す時は、欲しいものを思い浮かべると勝手に出てくる……多分。遠慮しなくていいから、使って」

「……感謝する。そういうことなら、ありがたく使わせてもらう」

どうせ埃《ほこり》を被っていた物だ。

誰かに使ってもらえるなら、使ってあげたほうがいいよね。

『話は纏まったか？　では、我が三人に付いて行くとしよう』

「「「え？」」」

『ちょっとクロ！　あんた抜け駆けは許さないわよ！　私が行くんだから！』

「「「は？」」」

クロ、シュリ……さっきまでと言っていること、違う。

あんなに行きたくないって言っていたのに、急に行きたいって言い争い出した。

「クロもシュリも、どうしたの？」

『だってクレアちゃんの棺桶を守れるのよ⁉』

「…………ん？」

『吸血鬼にとって、棺桶は何よりも大切な寝床と聞いている。それを守護できる機会なのだ。行かない訳がないだろう！』

…………………………………………へぇ～。

私は物置以外の用途で一度も、この棺桶を使ったことがなかった。

今まで存在を忘れていた『ただの箱』同然の物に、何をそこまで本気になっているんだろう？

でも、やる気が出たなら、それはそれでいいのかな？

別に誰が行こうが、誰が残ろうが、私は気にしない。

そのうえで私の棺桶を守りたいって言うのなら、私はそれを阻止するつもりはない。

「…………ん、好きにして」

私は潔く、考えることを諦めた。

その後も二匹の言い争いが聞こえてきたけれど、私は気にせず夢の中に旅立った。

◆◇◆

結局、人間の国に行くのはシュリとロームの二匹に決まったみたい。

当初の予定では一匹のはずだったけれど、一匹だけでは三人の動きを把握しきれないと気がついたみたいで、同行する数を増やしたみたい。

元冒険者は二人が男性で、一人が女性という構成だ。

だから、ロームが男二人を監視して、シュリが残りの一人を監視するんだって。

その報告を聞いた時、私はそれでいいと思った。

シュリは誰とも親しく話せるから世渡りが上手だし、ロームはクロと同じくらいに強い。何かあった時は安全に立ち回れる二匹だから、安心して送り出せる。


そして、彼らを見送る当日。

みんなは私の部屋にやって来た。

見送りは部屋でやるものじゃないことくらい、私でも知っている。

でも、『自分達の見送りのためにクレア様の手を煩わせる訳にはいかない！』って、みんなの意見が纏まったらしくて、わざわざ向こうから来てくれたみたい。

『クレアちゃん、いい子にして待っているのよ？　約束だからね⁉　街の外はすっごく危険なんだから！　――絶対！　ぜぇったい！　変な人に付いて行っちゃダメだからね！　それと、ちゃんと我慢せずに眠ること。起きたらご飯も食べなさい。――いいわね！』

「…………ん、分かった」

『姫様ぁ……俺、やっぱり離れるのは寂しいよぉ』

「…………ん、頑張って」

今、私はシュリとロームに囲まれていた。

二匹とも、やっぱり私と離れるのは寂しいみたい。

私の棺桶を護衛できるとはいえ、よくよく考えたら私と離れるほうがもっと嫌だと遅れて気がついたらしい。

でも、それに気付いたのは、すでに勝負で護衛役を勝ち取った後。

『やっぱり嫌だ』と言えるような雰囲気じゃなくて、仕方なく付いて行くことを決心したみたい。

私としては『勝負』の内容が気になるけれど、なんか聞いたらダメだと思ったから、そこは忘れることにした。

「……二匹とも。ずっとこのままだと、いつまで経っても出発できないよ？」

よっぽど行きたくないのかな。

出発の挨拶に来てから、二匹は私から離れようとしない。

その時間が長く続けば続くほど二匹の思いが強くなって、抱き締めが徐々に締め付けに変化しつつある。…………ちょっと、苦しい。

フェンリルは強靭な肉体を持っているから、苦しいって主張するつもりで体を叩いても、撫でられているんだと勘違いしちゃって、余計に締め付けが強くなる。

でも、二匹は私との別れを悲しんでいるんだから、私が拒絶したら可哀想。

だから、それとなく出発を促してみたのに――――。

『ちょっと三人とも。私達はもう少しクレアちゃんと触れ合うから、先に行っててくれる？』

『一日分くらい離れていても、俺達なら数分で着けるからさ』

と、挙句には監視役を投げ出す始末。

これはダメだ。そう思った私は、二匹を上目遣いで見つめて『お願い』した。

「シュリ。ローム。私の棺桶を守ってくれないの……？」

『『――っ！』』

吸血鬼と棺桶は、切っても切れない関係にある。

それを利用してお願いしてみたら、狙い通り効果はあったみたい。

いや、あり過ぎた……のかな？

私のお願いを聞いた二匹は、同時に尻尾をピンッと立たせた。

でも、やっぱり離れたくない思いも強いのか、すぐに尻尾は萎《しぼ》んだ。

『うぅ…分かったわ』

『姫様のお願いは絶対だからね』

ローム、それはお願いじゃなくて命令だと思うよ。

そう指摘したらまた面倒なことになりそうだったから、私は黙って頷く。

「あと、ちゃんと三人のことも守ってあげてね？」

――アォオオオン。

シュリとロームは吠えた。

それは勇ましい遠吠えで、さっきまでの頼りない姿は微塵も感じられない。街全体に響きそうなほど強く吠えた二匹は、満足したように一呼吸。

『それじゃ、行ってくるわね』

嫌々と抵抗を続けていた二匹は、最後に私の体に顔を擦り付けてから、あっさりと私の元から離れた。咄嗟に手を伸ばしそうになったのは、内緒……。

『すぐ戻ってくるから、クレアちゃんはお留守番をお願いね』

『ちゃちゃっと終わらせて帰ってくるよ』

「ん、行ってらっしゃい。……三人も、気をつけてね」

二匹の主張が激しすぎて空気と化していた三人は、ようやく出発できると立ち上がって、私と握手してから部屋を出て行った。

――絶対に帰ってくる。

その言葉を残して、早朝、三人と二匹は街を出発した。


…………。

……………………。

…………………………。

『どうした、我が主よ』

「………なんか、変な気持ちなの」

胸の辺りがもやっとして、少しくすぐったい。

『そうか。主も寂しいのだな』

「……寂しい？」

『主は先程から、皆が出て行ったところを眺めている。それは別れを惜しみ、寂しがっている証拠なのだろう』

「……寂しい。…………そう、なのかな？」

『ああ、そうだな。寂しいと思わなければ、そんな不安そうな顔はしない』

言われてハッとする。

そんな私に、クロは優しい眼を向けた。

『今はまだ理解しなくてもいい。だが、皆が帰ってきた時は「おかえり」と言ってやってくれ』

「…………うん、分かった」

今まで生きてきて、胸が苦しくなったのは初めて。

この感情が『寂しい』ものなのかは、まだ分からない。

でも、無事に帰ってきてほしいという思いは、自分でも知っている。

だから私は待ち続ける。

みんなの帰りを待って、みんなに「おかえり」って言うんだ。

そうしたら、このもやもやしたモノも、きっと晴れると思うから。

◆◇◆

三人（と二匹）が街を出てから、一週間が経った……多分。

私はいつも眠っているし、正確な時間は分からない。

でも、目を覚ますのは週に一回くらいの周期があるから、多分一週間が経っているんだと思う。

「……まだ、みんなは帰ってこないの？」

『そうだな。まだ掛かるだろう』

「…………そう」

『シュリもロームも居る。もしなんらかの問題が起こっても、あの二匹ならば上手く切り抜けるだろう。だから大丈夫だ』

「うん」

それでも、やっぱり心配する。

最近、あまり寝付けていない。眠ることはできるんだけど、夢の中でもみんなの心配をしていて、色々なことを考えちゃって、快眠とは言えなかった。

「早く、帰ってきてほしいな」

『……そうだな』

私の呟きに、クロは同意してくれた。

シュリとロームは当然だけど、あの三人も、もう私達の仲間だ。

街を出た仲間を心配するのは当たり前で、クロの報告を聞くと、他の魔物達もどこかそわそわしていて、落ち着きがないみたい。

みんな、心配している。

仲間を失うのは、悲しいから。

それは魔物もよく理解している。

ずっと昔から人間達に、理不尽に狩られ続けてきた魔物だから、仲間を思いやる心は強くて……

そこに種族なんて関係ない。ゴブリンも、オークも、ワーウルフも、フェンリルも私も、みんな
……この街で住む命のことを仲間だと思っている。

だから、早く帰ってきてほしい。

「眠って、次に起きたら……みんな帰ってきてる、かな？」

『ああ、きっと……そうだろうな』

――もう寝るといい。

クロはそう言って、私を包み込んでくれた。

「……ぅ、ん……」

その温もりが気持ち良くて、私はまた微睡みに身を委ねる。

次に起きたら、みんながそこに居てくれますように。

そう願って、私は瞼を閉じた。


でも、次に起きた時も、その次も……みんなは帰らなかった。

そろそろ帰ってきてもいい頃だと思う。

なのに、全然帰ってこない。

――おかしいと、私は思い始める。

三人が拠点にしていた場所は、馬車ではそんなに時間が掛からないと言っていた。

用事と往復時間を合わせて、どんなに遅くなっても二週間くらい。四週間くらいが経った今、まだ戻らないのはおかしい。

「ねぇ、クロ……どうしてみんな、まだ戻らないの？」

『我も分からない。……だが、流石に遅いな』

みんなが帰ってこないことに、クロも疑問を持つようになっていた。

それはクロだけじゃない。街の魔物達も、おかしいと気付き始めている。

不安を感じている感情が、私のほうにも逆流して流れてきて、私はもっと心配になる。

もしかしたら――と、嫌な考えが脳裏《のうり》をよぎった。

でも、それだけは絶対にないと、首を振ってその考えを否定する。

――大丈夫だ。

――大丈夫だから。

シュリとロームが居るんだもん。

ちょっと道草を食っているだけで、帰るのが遅れちゃっているだけなんだ。

そう思い込むようにしても、ふとした時、とても不安になる。

『大丈夫だ、我が主。……もう少し、もう少しだけ待ってみよう』

「…………うん……」

何かあっても、私達は簡単に行動できない。

下手に行動して人間の国を敵に回すと、この街が危ないから。それは分かっている。でも、脳がそれを認めたくない。今すぐ、みんなを探しに行ってもらいたい。危険だと分かっていても、みんなの無事を知りたい。

私が、できることは…………。

歯を食い縛る。仲間が危険に晒《さら》されているかもしれないのに、私は何もできない。

こうして、みんなの帰りを信じて待つことしか……。

「何もできない自分が、嫌だ」

『主……、……大丈夫だ。どうか主は、皆の帰りを待っていてあげてくれ』

「でも、」

『あいつらを信じてやってくれ』

信じる。それも必要なことだと思う。

「ん、そうする」

『ありがとう。……すまない』

クロの身体に包まれる。

ふさふさの毛並みは、いつも私を夢の中へと誘う。

「お願いクロ……みんなを、おねがい……」

そして私は、また深い眠りについた。

第6章　外から誰かがやって来た

「私に、会いたい……？」

みんなは、まだ帰ってこない。

それが続いた日のこと。私と面会をしたいと、誰かが申し出たとの報告をクロから受けた。

「………だれ？」

『それは、会ったほうが話は早いだろう』

私と契約した魔物相手なら、別に構わなかった。

……でも、クロの様子を見る限りでは、なんか違う気がした。

私に会いたいのは、この街の魔物じゃない？

それじゃあ、傘下に加わりたい他の魔物なのかな？

正直、今は誰とも会いたくない。みんながまだ戻っていない今、心配するほうが強くて、誰と会っても集中できないと思う。

クロもそれが分かっているはずなのに、面会希望があると私に報告をしてきた。

……何か、考えがあるのかな？

そうじゃなきゃ、わざわざ私に報告しないと思うから。

「分かった。会う」

だから私は、面会希望者と会うことにした。

すぐに連れてくると言って、クロは私の部屋を出て行った。

誰が来ているのかは結局教えてくれなかった。実際に会って話したほうが早い、ってクロは言っていたけど、どういう意味だろう？

クロはいつも、何かあれば事細かに説明をしてくれた。

なのに、どうして今回に限って言葉を濁したんだろう？

……分からない。

でも、クロは私に嘘は言わない。私が嫌がることも強要しない。

だから会うと決めた。クロが大丈夫だと判断したなら、私に害はないはずだから。

『——主。連れてきたぞ』

「ん、入って」

「…………失礼する」

クロに連れられて入ってきたのは、ちょっと古臭いマントを身に纏った、人。

「にん、げん……？」

その姿は、人間にしか見えなかった。

魔力を調べてみても、魔物のような濃厚な魔力は感じられない。血の匂いも……魔物じゃない。

私がいつも寝起きに飲んでいる香ばしい匂いが、その客人から漂ってくる。

でも、おかしいな。

人間はここに辿り着けないはずなのに、どうしてここに居るんだろう？　前回、人間達が街の近くまで来たことを反省して、眷属達はロームを中心に街の周囲を警戒するようになった。

だから、人間が一人でここまで来ることは無理なはず、なのに……。

「どうして人間が、ここに？」

「――お初にお目にかかる。魔物の主」

人間は目元まで隠していたフードを取って、綺麗なお辞儀をした。

渋い声。年齢は多分、40歳くらい……？

茶色の前髪を後ろに流していて、お髭もちょっとだけ伸ばしている男性。

こっちに歩み寄ってくる動作には違和感があって、よく観察してみると右足の生気が感じられなかった。……多分、義足なのかな？

なんか『厳《いか》ついおじさん』っていう印象を受ける人だ。

「俺はミルドという。ノーマンダル王国、自由連合組合のギルドマスターだ。……今日は急な訪問にも関わらず、面会を許可してもらえたこと、誠に感謝する」

すごく真面目そうな顔と、声。

初対面の人にこう言うのは失礼だけど、なんか似合わないって思っちゃった。

「……私は、クレア。この街の、ここの魔物達の主」

名前を教えてくれたから、私もそれに応える。

……変じゃなかったかな。こうやって名乗るのは初めてだから緊張したけれど、クロが満足気に頷いていたから、ちゃんとできたみたい。

「……大丈夫？」

「あ、ああ……すまない。大丈夫だ」

ミルドさんは少し、全体的に動きが硬かった。

魔物だけが住む街に来て、そこの主と会ったから緊張しているのかな？

でも、折角こうして会って話せるんだから、このままじゃ気まずいだけだよね。

「そっちが変なことをしない限り、こっちも何もしない。だから安心して？」

「……お気遣い、感謝する」

そう言いながら頭を下げたミルドさんは、チラッと私の居ない場所を見つめた。

………そこにはクロが居た。穴が開くほどにミルドさんを凝視していて、無言の圧力って言うのかな。それに近い威圧感を私も感じた。

また、クロが何かしてるんだ。

あの時みたいに退出させようかな？

……うん。下手に抗議されると面倒だし、クロは放置でいいや。

「それで、どうして人間がこの街に来たの？」

「今回来たのは俺のギルドに所属している……いや、正しくは『していた』だな。ゴールド達『鷹の鉤爪』の件で話がしたかった」

ゴールド。

……ゴールド。

…………うーん？

「だれ？」

「……は？」

「ゴールド……だれ？　クロ、知り合い？」

『主、あの元冒険者のことだ。三人は『鷹の鉤爪』というパーティー名で活動していたらしく、ゴールドはそのリーダーの名前だ。ちなみに細身の男がギードで、女がトロネだ』

「おおー……初めて知った」

あの三人、そんな名前だったんだ。

教えてもらった記憶はあるけれど、いつも『人間さん』とか『冒険者の三人』とかで話が通じていたから、すぐに忘れちゃってた。

ゴールド、ギード、トロネ。……うん。覚えた。多分。

「──コホンッ。話を進めてもいいだろうか？」

「ん、問題ない。ちゃんと覚えた」

「……………そうか。それは、その……良かったな」

ミルドさんの視線が優しくなった。

クロからも、同じような視線を感じる。

……どうしてだろう？

「俺は、あの三人にこの街の場所を教えてもらったんだ」

その言葉に驚きはなかった。

だって、それ以外の方法で、人間がこの街のことを知るのは不可能なはずだから。

「………街のことは絶対に内緒って約束したはず。だから外に出すことを許可した。なのに、三人は貴方に話した。……でも、裏切った……とは思えないの」

彼らがもし裏切ったのなら、今頃この街は人間との争いが起きているはず。

街の眷属達は急な来訪者に戸惑っているみたいだけど、いつもと変わらず平和に暮らしている。

まだ争いは起きていない。

でも、あの三人がミルドさんに教えたのは事実。

だって、実際に彼はここに辿り着いて、こうして話しているんだから。

ミルドさんは、ギルドマスターって言っていた。冒険者はみんな、ギルドっていう組織に所属しているると聞いた。ギルドマスターはそこの最高責任者だから、ゴールド達の上司ってことなのかな？

でも、信頼しているからという理由で教えたのも、違うと思う。

何はともあれ、彼にこの街のことを教えるのはおかしい。だってそれは約束と違うから。いくら三人が信頼している人間だろうと、絶対に話さないって話だった。

ということは――――、

「あの三人に、何かあった？」

ミルドさんが頷く。

嫌な予想が当たっちゃった。

「まずはあいつらに代わり謝罪させてほしい。クレア殿との約束を違えてしまい、誠に申し訳ない」

「それは別にいい。それをするしか方法がなかったんだって、分かるから」

ミルドさんは一人で来た。

だからその言葉を信用するし、もしこの街に害があると私が判断すれば、ここでミルドさんを殺して隠蔽すればいい。それに、私達を殺そうと思っているなら、単独では来ないはずだ。

ミルドさんが誰も連れずに来たのは、そういう思惑《おもわく》はないと信じてもらうための行動だろうし、彼なりの覚悟だと思ったから、私は彼の言葉を信じることにした。

それでも本性を隠す人間はいるだろうから、怪しいと判断した瞬間——殺すけど。

思っていることをそのまま口にすれば、ミルドさんは口をひくつかせて乾いた笑みを浮かべた。

「……さらっと恐ろしいことを言う。流石は魔物の主といったところか？」

「野蛮だと思われるかもしれない。でも、みんなを守るためだから、許してほしい」

「そう、だな……………すまん。話を脱線させた。本題に入ろう」

姿勢を正すミルドさん。次に何を言われるのかは、予想が付く。

それでも彼が発する真剣な雰囲気が肌をピリつかせ、私は生唾を飲み込んだ。

「ゴールド達は王国騎士によって、その身柄を拘束された。事態は最悪だと言ってもいい。だから頼む。どうか彼らを、助けてやってほしい」

「…………………そう」

やっぱり、私に驚きはなかった。

多分そうだろうなと予想は付いていたし、むしろまだ死んでいないことに安心した。

「でも、どうして？」

理由もなく、三人は拘束されない。そうなったのは何か原因があるんだと思う。

ミルドさんはギルドマスターだと言っていた。その立場なら色々な情報が入ってくるだろうから、きっと、彼らが身柄を拘束された理由も知っているはずだと思った。

だから私は、ミルドさんに問いかける。

「三人が連れていた二匹の魔物だ」

「シュリとローム？　二匹が、何かしたの？」

あの二匹が何かミスをするとは思えない。

それはクロも同じ気持ちだったみたいで、あり得ないと呟いている。

真偽を確かめるようにミルドさんを見つめると、彼は「二匹は何もしていない」と首を振った。

「クレア殿は以前、この森に大勢の人間が調査しに来たことを覚えているか？」

「うん、もちろん覚えてるよ。人間さん達はこの街や、魔物のことを調べようとしていた。……あの三人も、最初はそれが目的で来たって言ってたから」

『だが、それがどうした？』

「ここに住む魔物の情報は、すでに知られていたんだよ」

それを聞いた瞬間、クロは押し留めていた感情を爆発させた。

発せられる魔力に当てられたことで建物が悲鳴をあげるように軋《きし》み始めて、地震があったみたいに床が大きく振動する。

外で見張りをしていた魔物の悲鳴と、何かが崩れ落ちる音が聞こえてきた。

ミルドさんは驚愕に目を見開いて、腰を抜かしている。

「――クロ」

ゆっくりと近づいて、頭をなでなでする。

「落ち着いて？」

クロの気持ちは分かる。

私達は頑張って情報を隠していたはずだった。やって来た人間を一人も帰すことなく、この街のことを必死に守っていた……と思っていた。

それが全部無駄だったことが分かった。

怒りを覚えるのは当然だ。焦るのも当然だ。それで感情を抑えられなくなるのも、当然だ。

それに加えて、クロはこの街の責任者でもある。

自分のミスでみんなを危険に晒したって考えて、責任を感じているんだと思う。

「大丈夫。クロは何も悪くないよ。だから……大丈夫だよ」

『……ああ、そうだな。……すまない。ミルド殿も、すまなかったな』

ミルドさんは、ふるふると首を横に振った。

まだ恐怖から抜け出せないのか、パクパクと口は動いているけど、声は出ていない。

でも、彼が復帰するのを待っている暇はない。

今すぐに確認しなきゃならないことが、できたから。

「クロ。クロ達は人間を一人残らず殺した……よね？」

『……ああ。複数の魔物で包囲網を組んだため、逃すようなことは絶対にあり得ない』

「でも、情報が漏れている。どうして？」

「──魔法だ」

ミルドさんからの答えに、こてんっと首をかしげる。

「魔法……どんな？」

「術者と対象との視覚を共有する魔法だ。それによって調査に派遣された騎士団が確認した、森での出来事が王国側に共有された。……とは言え一瞬で殺されたからな。王国も詳しい情報までは調べられなかったらしいが、『黒い魔物』の姿だけは確認されていたんだ」

私達の知らない魔法。

それを使われていたから、魔物の情報が広まった。

『視覚を共有する魔法……そんなものが、あったとは……』

クロは悔しげに唸る。人間達が魔法を使用している可能性を疑って、もっと注意深く行動するべきだったと後悔しているんだと思う。

それは私も同じ。

その可能性を考えて行動していれば、また未来は別だったかもしれない。

——でも、今やるべきことは後悔じゃない。

どうやって三人を助けるか。それを最優先に考えて、その後で後悔する。

「私の眷属はみんな黒い。だから、その二匹を連れている三人が捕縛されたの？」

「ああ。ゴールド達は騎士団を壊滅させた黒い魔物に関与していると睨まれ、今頃、牢獄で尋問に遭っているだろう」

「シュリとロームは？」

「最初は自分達のせいだと助け出そうとしていたが、下手に動くとより動きづらくなるからな。街中でうろつかせるのも目立つと思い、騎士達には外に逃げたと思わせて、今は俺の別荘で大人しくしてもらっている」

とりあえず二匹が無事だと分かって、ホッとした。

『なぜだ？』

クロは警戒したようにミルドさんを睨んでいた。

さっきまでの監視するような威圧感とはまた違う、疑わしいものを警戒しているような――そんな態度だ。

『なぜ貴様は我々に協力する。我々は魔物だ。普通ならば人間の味方をするはずだろう。貴様がギルドマスターという立場ならば、尚更《なおさら》だ』

「…………」

クロの言いたいことはもっともだと思う。

私達が人間と争うつもりはないと言っても、人間の敵であることに変わりはない。

ミルドさんが私達に協力する意味なんてないはずなのに、どうしてか彼は単独で街を訪れて、二匹のことも匿ってくれている。そこまでする理由が分からなかった。

「俺はギルドマスターとして直接依頼を出し、あの三人をモラナ大樹海の異変調査に向かわせた。……この意味が分かるか？　遠回しに『死ね』と、俺は命令したんだ」

ミルドさんは静かに、己の胸の内を告白し始めた。

「何日も戻らず、やっぱり死んでしまったんだと諦めかけた時、あいつらは戻ってきた。もうここに戻ってくることはできないが、自分達は新しい生活に満足していると笑ってくれたんだ。……………その時すでに、ギルドには『黒い魔物』の情報が共有されていた。三人が連れている二匹の魔物を見た時は、そりゃあ驚いたよ。それでも三人が苦しんでいる様子はなかったんだ」

それに、とミルドさんは続ける。

「俺がこうして三人の現状を話した時、クレア殿は本気で考えてくれた。そんな御方が悪人な訳がない。……だから、俺はこちら側に協力することにしたんだ」

ミルドさんの選択は、正しくない。

それは『裏切り』に等しい行為だから。

これがもし私達側での裏切りだったのなら、多分、みんなは許さない。

どんな理由があっても、裏切りは許されない行為。これが見つかれば、ミルドさんはギルドマスターの権利を剥奪《はくだつ》されるかもしれない。

そんな危ない駆け引きをしているんだ。

でも、ミルドさんの考え方は……嫌いじゃない。

「ミルドさん。私達はあの三人を助ける。そのために協力してくれる？」

この人なら信じられると思う。

だから私は、改めて協力を申し出た。

「ああ、引き受けよう」

そしてここに、魔物と人間との契約が成された。

◆◇◆

「それで、私達はどうすればいい？」

三人を助け出すために……と考えても、今までそういう経験をしたことがないから対策が思い浮かばない。クロも良い案を考えている途中だ。

でも、ミルドさんならある程度の案は考えていそうだから、まずは彼の意見を聞いてみる。

「……そうだな。まずは目的を明確に記そう。最優先するのは三人の救出。方法は様々ある。一番楽なのは武力行使だが」

『それは却下させてもらう。最悪、この街に被害が及ぶ』

「となれば、後は交渉だが」

『……不可能だろうな。人間どもが我らの話を聞くとは思えない』

人間の国からやって来た騎士達は、クロ達の話を一切聞かずに斬りかかって来たと聞いている。

そんな人達が、今更話を聞くとは思えなかった。

もしかしたら最初は笑顔を見せてくるかもしれない。

黒い魔物のことは国に知られている。森に来た騎士達が手も足も出ずに蹂躙されたところを、あっちは魔法で見ていたとミルドさんは言っていた。

なら人間は、実力行使では私達に敵わないと分かったはずだ。

そこで私達が友好的な態度で交渉を持ちかけるとする。

人間達は受け入れてくれると思う。

でも、それは上辺だけ。どうせすぐに裏切られる。

最初は協力的な態度でも、こっちの弱点が分かればすぐに手の平を返してくる。

私は、他人の心を読めない。

だから慎重に動く。

最悪、こっちが嫌な思いをするだけで終わる可能性だってあるんだ。

……それはダメ。

誰かが苦しむくらいなら、魔物達は戦うことを選ぶと思う。

でも、ここで人間と戦ったら面倒なことになる。

戦争になっても負けることはないけれど、最大の脅威は人間の数。

何度追い返しても、何度殺しても人間達は協力してこの街を襲撃してくる。他の国まで巻き込んで戦争を仕掛けてくるかもしれない。

そうなると面倒だ。

戦いは色々なものを消耗《しょうもう》するから、なるべく、したくない。

それを避けるためには最初から関わらないように気をつけるか、もし見つかった場合はこの街を捨てて住処を移動するか……。

配下の魔物達なら付いて来てくれると思う。

でも、人間の三人は仲間ではあるけど正確には違う。これ以上、人間と魔物との面倒事に巻き込む訳にはいかないから。

「そう言うと思った。……そこで俺は、三人の脱出を提案する」

「だっしゅつ……？」

「そうだ。内部に詳しい俺達が脱出の手引きをして、三人を街から出す。ただし、これを相手側に悟られたらダメだ。もし脱出が悟られれば三人は黒い魔物と完全に関わっていると思われ、即座に処刑されるだろう。それだけに留まらず、最悪の場合——この街に被害が及ぶ」

ミルドさんの目が語る。

——それでもやるか？　と。

「やる。三人が助かって、この街に被害が出ない可能性が少しでもあるなら、やる」

「即答か。——よしっ！　それじゃあ作戦会議といこう」

ミルドさんはパシッと両手を合わせて、気持ちを引き締めたみたい。

「これを見てくれ。三人が囚われている建物の見取り図だ」

小さい袋から出てきたのは、私が両手を伸ばしたくらいの大きさがある一枚の用紙だった。

「……それ」

「ん？　この袋が気になるのか？」

「それ、収納袋？」

「これを知ってんのか。あの三人から聞いたのか？」

「……ん、私も、同じようなものを持っているから。ちょっと大きくて真っ赤な棺桶。三人が街を出る時、預けたの。……知らない？」

「あの不気味な棺桶のことか！　最初見た時は吸血鬼でも入ってんのかと思っていたが……そうかクレア殿は吸血鬼だったのか」

「ん。あれは私の血で作った。なんでも入るから、荷物運びに貸していたの」

「吸血鬼にとって棺桶は大切な物だと聞いた。……なるほどな。だからあの二匹は、棺桶から絶対に離れようとしなかったのか」

ミルドさんの言葉で、私の棺桶はシュリとロームが持っていることが分かった。

二匹とも、ちゃんと私との約束を守ってくれたんだ。

……嬉しいな。

「っと、話が逸れたな。なぁ、クロ殿。そっちで隠密行動が得意な奴は居るか？」

『クロでいい。こちらもミルドと呼ぶ。……こちらは一匹だけだな。だが、実力はそこらの人間と同じだと考えないでもらいたい』

「それって……ラルク？」

『正解だ。我が主。あいつは、そういったことに秀でているからな。任せても問題ないか？』

「……うん。ラルクなら大丈夫だと思う。信頼してるから」

『感謝する。あいつならば期待以上の成果を出してくれるだろう』

「クレア殿とクロの推薦《すいせん》なら、安心して仕事を任せられるな」

『——呼びましたか？』

「うおぉっ!?」

急に聞こえてきた第三者の声に、ミルドさんはすっごく驚いていた。

「あ、ラルクだ。おはよう」

『おはようございます、クレア様。面会の途中申し訳ありません。先程、俺の名前が呼ばれた気がしたのですが……？』

「ちょうど呼びたいと思っていたの。このまま一緒に、お話を聞いてくれる？」

『かしこまりました。失礼します』

影から頭だけをヌルリと覗かせたラルクは、これまたヌルリと全身を出して私の隣に移動した。

微かにお日様の匂いがした。

さっきまで、お外で何かやっていたのかな？

「ミルドさん、紹介する。……ブラッドフェンリルの、ラルクだよ」

「はぁ～、ブラッドフェンリル⁉　神話級の魔物じゃねぇか！　なんでこんなところに居るんだよ！」

「………？」

その『神話級』？　というのがなんの基準で決められているかは知らないけれど、そのフェンリルなら、うちに四匹居る。みんな良い子。

「クロも、シュリも、ロームも、フェンリルだよ？」

「お、おう……」

そう言うと、すっごく微妙な顔をされた。

「あぁ、と……それで、ブラッドってのは？」

「私と契約した魔物の名前で、みんな黒くなっちゃったの。……進化したんだと思う」

「吸血鬼って、やばいな」

「安心して。多分、これができるの、私だけ」

「……そうか。それならあんし……安心できるのか？」

「安心して」

「お、おう……分かった」

グッと親指を立てても、ミルドさんの表情は変わらなかった。

……何がダメなんだろう？

「ま、まずは作戦について話をしよう。話はその後だ」

「話をして、またお話するの？」

『主……そこはあまり突っ込まないでやってくれ』

『この人間の気持ちは、少し分かるような気がします』

「…………？」

私は首をかしげる。

分かっていないのは、私だけみたい？

「――ン、ンンッ！　まずはそっちで陽動《ようどう》を仕掛けてほしい。その隙に隠密行動ができる奴と、内部の構造を把握している俺とで、三人を連れ出す」

聞くだけなら簡単な作戦だ。

でも、それは言葉だけで、実際にやるのは難しい。

「そう、上手くいくの？」

「やるしかない。だが、危険は大きいだろうな」

バレたら、どっちも危険なことになる。成功する可能性は低い。

それでも、安全にやるにはこうするしかないと、ミルドさんは言った。

『我は陽動に参加しよう。ラルクは三人の救出に向かってくれ』

『ああ、分かった。当日はミルド殿の指示に従う』

「助かる。だが、陽動はそれなりに危険が伴うが、そこは大丈夫か？」

『無論だ。我らはフェンリルだぞ。人間に遅れは取らない』

「……気をつけて、ね？」

『ああ、油断はしないさ。だから主よ、どうか我に任せてほしい』

正直、すごく不安だった。

どうにも嫌な予感がする。……考え方が弱気になっているせいなのかな？

でも、任せてと言われたから、任せる。

クロ達なら適当なことはしないと思うし、失敗するとも思えない。私は、クロを信じているから。

「みんな、怪我……しない？」

『なるべく一番の安全策で行くつもりだ。……そんな不安そうな顔をしないでくれ。精鋭で行くと言っただろう？　大丈夫だ』

「………………うん」

私は、こくんと頷いた。

それでもやっぱり……不安だった。大丈夫って自分を落ち着かせるためにクロを抱き締めると、クロは嫌がらずにそれを受け入れてくれた。

「……いい主を持っているな」

ミルドさんは目を細め、優しい声でそう言った。

『ああ、自慢の主だ。だからこそ、不幸にさせる訳にはいかない』

『クロの言う通りです』

当然のように頷くクロとラルクに、私は少し恥ずかしくなって顔を埋めた。

……ここまで堂々と言われるのは、まだ慣れていないから。

『こうして恥ずかしがるところも、また可愛いのだ』

「……、…………っ……」

『叩かないでくれ我が主。少しだけ痛いぞ』

本気で叩いているのに、クロは笑うだけだ。

それがちょっとだけ、悔しい。

「――ハッ！　あの三人も良い居場所を見つけたもんだ」

『ああ、ここは最高の場所だ。人間も魔物も関係ない。ミルドもここに住まうか？　あの三人が信頼している貴殿ならば歓迎するぞ』

「それじゃ、ギルマスを引退することになったら厄介になろうかね。クレア殿が許してくれるかどうかは分からないが……」

「…………ん、ミルドさんは良い人だと思う。いつでも歓迎する」

あの三人が約束を破ってでも頼った人だ。

ギルドマスターっていう立場の人だから、ミルドさんなら今以上に魔物を纏めてくれるはずだ。

…………その時が来るまで気長に待とう。

きっと、眠っていればすぐだから。

「それじゃ、俺は一度戻って、あの二匹にもこのことを伝えてくる……っと、そうだ。誰か俺の見張りをするか？　まだ完全に信用している訳じゃないだろう？」

『そうだな。見張りは必要だが、出発はもう少し待ってくれるだろうか。すぐにこちらの準備を終えて、共に街を出たほうがいいだろう。……主も、それでいいか？』

「ん、私もそれでいいと思う。あ、でも、この街に滞在している間の見張りも必要だと思うから……ラルク、お願いできる？」

『承知しました。クレア様のお願いとあれば、俺も頑張りましょう』

「クロも、それでいい？」

『ああ。我も賛成だ。我は準備で忙しくなるからな』

「……ということで、ミルドさんは滞在中、ラルクと一緒に行動してほしいの」

「おう、分かった」

ミルドさんは快く承諾してくれたけれど、私は申し訳ない気持ちになった。

私の言葉は「これから常に監視するよ」と言っているのと同じ。それが必要だと分かっていても、監視されるのはあまり気持ちが良いものじゃないと思う。

「ごめんなさい。ミルドさんは三人が信頼しているから、私もあの三人の決断を尊重したい。でも、自由にさせる訳にはいかないから……」

「気にするな。俺だってクレア殿の立場なら絶対に見張りを付けさせる。この程度で他人を完全に信頼するような緩い奴だったら、俺はクレア殿を完全に信用できなくなっていただろうよ」

どうやら私は、いつの間にか試されていたらしい。

選択肢を誤っていたら、ミルドさんは言葉通り今後は私を信じてくれなくなっていたと思う。

………危なかった。

『主をあまり虐《いじ》めてやるなよ』

一応、クロが忠告を入れるけど、怒っている様子はない。

これも上に立つ者として必要なことだと分かっているから、あえてクロは黙っていたのかな。

…………むぅ。みんな揃って性格悪い。

「試す真似して悪いな。こうして背中を預けるんだ。相手がどういう奴か知っておきたかったんだ」

ミルドさんはそう言って、ニカッと笑った。

「じゃあ、これからも贔屓してくれると嬉しいぜ、魔物の主様」

『ではクレア様。自分もここで失礼します』

「……うん。お願いね」

ヒラヒラと手を振って部屋を後にするミルドさんの背中を、ラルクも追いかけた。

これで、私とクロだけになった。

「無事にいくと、いいね」

『成功するといいではない。成功させるのだ』

「…………信じてる、からね」

『ああ。主にそう言われたら、尚更失敗できないな』

クロは笑う。

私も、笑った。

成功するといいな。じゃあダメなんだ。

成功させるんだ。

みんながずっと、笑い続けられるように……。

第7章　みんなの戦い

「判決が下されるまでここに入ってろ、反逆者ども！」

兵士にそう言われ、俺達が王城地下にある牢獄へ入れられてから——一体どれくらいの時間が経っただろう。

俺達はモラナ大樹海に発生した黒く変色した魔物を連れていたことで兵士達に取り囲まれ、この地下牢に投獄された。どうやら、この国の奴らはなんらかの方法を使って、魔物達の情報を得ていたらしい。反逆者の罪を被せられた俺達は、ありとあらゆる拷問を受けた。

だが、俺達は決して口を割らなかった。

それはクレア様や、他のみんなに対する裏切りになるからだ。

魔物達は、俺達を信じて送り出してくれた。

その気持ちを仇《あだ》で返したくない。みんなを裏切るくらいなら、どんな拷問だって耐えてみせる。

そう思ってひたすら耐え続ける中、俺はずっと同じことばかりを考えていた。

共に付いて来てくれたシュリやロームは無事だろうか。

別れ際、どうにか託すことができたクレア様の棺桶は大丈夫だろうか。

——街のみんなは、まだ安全だろうか。

もはや日課と化した今日の拷問が終わり、飯とは言えない腐りかけの不味いパンを食わされ、動く気力が湧かずに薄暗い牢獄の壁を見つめていると、ふとした時、そのような不安が頭を過る。

「大丈夫よ、ゴールド」

俺の様子を悟ってくれたのだろう。

仲間のトロネは、弾んだ声でそう元気付けてくれた。

そんな彼女の肌には、痛々しい傷跡がいくつも刻まれている。

トロネは長旅の間でも肌のケアを欠かさなかった。「美肌は女の武器なのよ！」と豪語《ごうご》する彼女にとって、触り心地のいい白い肌は自慢だったはずだ。

だが、今はその努力が全て無残なものに変わっている。

それでもトロネは普段通りに振る舞っていた。

パーティーの盛り上げ役として俺達を元気付け、徐々に落ち込んでいく感情を引き戻してくれる。

「そうっすよ。シュリさんとロームさんなら、無事に逃げ延びたはずっす。ミルドの旦那も、もう現役を引退しているとは言え十分に強い。きっと無事に、あの街に辿り着けたはず……そう信じて気長に待ちましょうよ」

そんな彼女に同意するように、ギードもうんうんと頷いている。

拷問が始まってすぐ、ギードは両腕を折られた。一流シーフの技術を警戒され、脱獄される可能性を潰そうと思ったのだろう。もうほとんど腕の感覚を失っているはずだ。

奇跡的に治ったとしても、本来の技術を取り戻すのは難しいだろう。それはシーフとして、冒険者としての道を潰されたのと同じだ。それでもギードは弱音を吐かず、顔には笑みを浮かべていた。

『お前らは嘘を言うような奴らじゃないと信じている。だから後のことは俺達に任せろ。必ず助けを呼んでくる。……必ずだ』

……ミルドさん。

咄嗟のことだったのに、詳しいことは聞かずに協力してくれた。

今頃、彼が無事にあの森へ行き、街に入ってクレア様と話せていることを願う。

「クレア様との約束、破っちまったな……」

——街の情報は決して漏らさない。

これは魔物達の間で囁かれる『絶対遵守《じゅんしゅ》の掟《おきて》』だ。

必要なことだったとは言え、俺達は約束を破った。罰を受ける覚悟はできている。

「俺達も同罪っすよ。罰なら一緒に喰らいましょう！」

「そうよね。元はと言えば私達の不注意が招いたことだもの。これでお咎《とが》めなしだったら、むしろ他のみんなに申し訳なくなっちゃう」

「……お前達……ああ、そうだな。無事に帰ることができたら、三人でクレア様に謝りに行こう」

改めて考えてみると、随分とあの御方に絆《ほだ》されたもんだ。俺達人間が魔物の味方をするなんて、今でも信じられない。

……だが、クレア様にならいいかなと思ってしまうんだ。

彼女は吸血鬼だ。魔物の中でも最上位の強さに入るといわれ、上位の存在ならば単騎で国一つの最大戦力と互角にやりあう実力を持っている。俺達も過去に一度、運悪く吸血鬼と遭遇したことがある。その時は全力で逃げた。全力を出し切れば、逃げ延びるだけの余裕はあったから。

しかし、クレア様が相手なら——無理だ。

実際に吸血鬼と対峙したことがある俺達だから、確信を持って言える。

あの御方は、たとえ世界が立ち向かっても勝てっこない。

『絶対強者』

『魔物を統《す》べる王』

人間の力では決して対抗できない存在が、クレア様だ。

だが、勘違いしないでほしい。俺達は勝ち目がないからと、仕方なく従っている訳ではない。

彼女の出す空気は、こう……不思議なんだ。

近くに居るだけで心が休まる。彼女が居ると頑張れる気がする。話しているだけでその日の疲れが消し飛ぶ。一緒に居れば居るほど、その気持ちは大きくなっていた。

いつも眠ってばかりで、色々なことは他に丸投げをしているクレア様。多くの配下の上に立つ者としては減点される印象しかない彼女だが、その心は誰よりも優しく、誰よりも平和を愛している。

……まぁ、それでもやっぱり寝ている印象のほうが強いんだが、魔物にも人間にも分け隔てなく接する彼女だからこそ、俺達は彼女の下で働こうと決めたんだ。

「ハハッ、本当に不思議な御方だよな……」

こうして彼女のことを考えただけで、どうにかなるんじゃないかと思ってしまう自分がいる。

しかし、現実は――そう甘くないらしい。


「…………来たか」

ガチャガチャと、硬質なもので地面を歩く音が聞こえた。

一人じゃない。かなりの大人数だ。そいつらは厳重な武装をしていた。魔法付与《ふよ》がされている武器はもちろん、国家権力を十分に使い切った最高級の鎧を、全員が身に纏っている。

いつもと違うことくらい、馬鹿でも分かる。

もちろん、俺達も――。

「出ろ。囚人ども」

騎士はそう言って、俺達の牢を開けた。

「移動だ。これより審問会を始める。念のために言っておくが、抵抗しないほうが身のためだぞ。少しでも罪を軽くしたければ、な……」

元よりそのつもりなんてないくせに、何を言ってんだ。

内心、俺はそう吐き捨てた。

だが、そうか……。

俺達はどうやら、もうダメらしい。


長い道のりを歩く。

その度に体が軋み、耐え難い苦痛が襲ってきた。

「止まるな。早く歩け！」

俺達を連れて歩く騎士は、わざと遠回りになるように道を選んでいる。

あえて無駄に歩かせることで俺達を心身共に消耗させ、正常な判断ができないほどに追い詰め、情報を吐き出させようとしているのだろう。

欲しい情報を聞き出した後は、適当に罪をでっち上げて……死刑だろうな。

人間ってのは、ここまで残酷になれるものなんだな。

……なんだよ。これじゃあ魔物のほうが何倍もまともじゃねぇか。

捕虜として迎えた人間に与える普通の食事。日常生活を送るうえで不自由のない物資と住居。どれも、この国では与えてもらえなかったものだ。

今までこの国に身を置いてきた奴の言葉じゃないと思うが、こんな国に住んでいた自分が信じられない。ここが他よりもマシだと思っていた自分自身を殴りたい。

「すまねぇな、二人とも。こんなことに付き合わせちまって」

「何言ってんすか。こうなる可能性があると分かっていながら、ここまで付いて来たのは自分の意思っすよ」

「水臭いこと言わないでよねー。ゴールドのくせに気持ち悪い。……あのね、これは私が決めたことなんだから、今更後悔なんてしないってば」

仲間ってのは、いいものだな。

俺は最後の時まで、こいつらと一緒に居られて本当に良かったと思っている。

「ほら！　さっさと歩け！」

背中を押され、歩き出す。

一歩、また一歩。すでに限界を迎えていた体では、階段を一段登ることさえ難しかった。止まったら更なる苦痛を与えられる。

だから俺達は、最後の気力を振り絞って歩き続けた。

「………他の奴らには顔向けできないな」

不注意で捕まって、森の魔物との関係性を疑われて、勝手に死んでいく。

これ以上なく、足を引っ張ってしまった。

「貴様らは聖教会にて審問を受ける。その場で罰も受けることになるだろうから、今のうちに懺悔《ざんげ》しておくことだ」

やっぱり俺達はただの人間だった。

そうだ。あいつらは強力な力を持っている。

向こうにはクレア様だけじゃなく、頼もしい彼女の眷属が居るんだ。

「ほら着いたぞ。中に入れ！」

聖教会の最奥、普段は重く閉ざされている扉が——重厚な音を立てて開いた。

差し込んだ光に目を細める。

そこを一言で言い表すのであれば『黄金』だった。全てが金で塗りたくられた壁。目障りなほどに輝く照明。王国を象徴する城と同じか、それ以上の資金をこの教会だけに注ぎ込んでいる。そう思うほどに現実離れした内装が、そこにあった。

「…………ははっ、国家戦力の勢揃いってか……」

議席に座っている国の重鎮《じゅうちん》達。その後ろには、これでもかと騎士や兵士が配備されていた。俺達の仲間は酷く警戒されているらしい。

それもそうだ。送り込んだ騎士の全てが見るも無残に壊滅したのだから、警戒して国家が持つ総力の大半をここに置くのは当然のことだろう。

「……望みは薄いな」

この数を相手に逃げ切ることは不可能だ。

今が絶好調だったなら……まだチャンスがあったかもしれない。

だが、数日に及ぶ拷問で体の節々を破壊された状態じゃあ、流石の俺達も諦めがつくってもんだ。

「では、これより、審問会を始める」

カンッ。と小槌《こづち》の一振りが降ろされる。

それが合図だった。

ここが、ここからが――真の地獄の始まりだ。

◆◇◆

「ぐ、ぁアアアアアアアアッッッ！」

「うぅ……！　あぁっ、くっ！」

「ふぅぅぅ！　ぐぅ！」

唸り声にも似た、男女の声。

それは俺達の口から漏れ出た苦悶《くもん》の声だ。

手足を拘束する太い鎖によって身動きすら取れず、全身に浮かび上がる黒い痣《あざ》のようなものが肌を這いずり回る度、耐え難い激痛が全身を蝕《むしば》む。

「貴様らは魔物を手引きし、この国の平穏を脅かそうとした。そうだな？」

審問官の言葉が降ってくる。

同じ質問。これで何度目だろう。

周りの貴族や騎士、王族さえも、この誘導尋問《ゆうどうじんもん》に似た所業を見守るだけ。こいつらは適当にでっち上げた罪を俺達に認めさせ、俺達を『悪』に、そして自分達は『正義』の名の下にクレア様の街へと侵攻したいだけ。そんな魂胆《こんたん》が丸見えだった。

「ち、がう……！」

だから俺は叫ぶ。

絶対に仲間だけは売らないと、心にそう誓ったから。

「あいつらは、っ……好き好んで人を殺すような奴らじゃない！　ちゃんとした意思を持っている！　平和を築こうとしてる！」

「黒い魔物は騎士団を滅ぼした。それは事実だ」

「それは、そっちが先に手を出したからだろうが！　あいつらは戦う前に交渉を持ちかけてきた。それを無視したから殺されたんだ！」

「従っても殺されていた。魔物が約束を守る訳がない」

「俺達が証人だ！　俺達だって、騎士団と同じことを言われた。——だが！　あいつらに従ってもまだ生きている！　あいつらは約束を守ってくれているんだ！」

「貴様らは利用されている。今回、安全にこの国に忍び込むために」

「ざけんな！　俺達は、素材を売りに来ただけだ！」

「いいや。違う。あの黒い魔物は危険だ。それを知っていながら、この国に招き入れた」

「あいつらは危険な奴らじゃない！　弱者である俺達を仲間だと言ってくれた！　人間だろうと魔

物だろうと関係なく、あいつらは俺達に手を差し伸べてくれたんだ！」

　無駄だと知っていながら、俺は抵抗を続ける。

　ここで折れたら全てが無駄になる。みんなが『悪者』になるから。

「束縛を強化しろ。さっさと自白させるのだ」

　審問官がそう命じると、周囲に待機していた魔法使いが詠唱《えいしょう》を始めた。

　今も全身を蝕む痣が淡く光った――その直後。

「っ、――――！！」

　なん、だ……？

　意識が一瞬、飛びかけた。

　何が起こった？　何をされた？

「て、めぇ……なに、しやがった……！」

「感覚を倍増させただけだ。特別なことは何もしていない」

　審問官は一切、悪びれもせずにそう言った。

　……ああ、そうかい。

　拷問するには、たしかに最適の魔法だ。

　だが、ここはそういう場所じゃないはずだ。無抵抗の人間に対して、こんな拷問まがいのことをしてまで、嘘ばっかの罪をなすりつけるような場所じゃなかったはずだ。

　――いつからだ。

　いつからこの国は、ここまで腐った。

「ゴール、ド……ごめんなさ、ぃ……」

「……もう限界、っす」

意識を失わないよう必死に耐える俺の耳に、今にも消えそうな二人の声が届いた。

その数秒後、何かが倒れるような音が……。

「っ、すまない！」

二人には無理をさせた。心も体も限界を迎えていたうえでの、この仕打ちだ。

俺もこれ以上、耐えられる自信がなかった。

だが、それでも――こんな奴らに負けられるかよ！

「っ！　それがてめぇらのやり方か。根拠もなしに拷問して、挙句には適当な罪をなすりつけて処分するつもりかよ。――ハッ！　何が審問会だ！　全部嘘っぱちじゃねぇか！」

神聖なる審問会が聞いて呆れる。神に守られた国？　これが教会の正義？

「ふざけんじゃねぇ！　こんな性根が腐りきった国じゃあ、神様だって微笑んでくれねぇよ！」

正義もクソもない。これならまだ、魔物達のほうが何倍もマシだ。

「おお、なんということだ。ここまで洗脳が進行しているとは……」

「哀れだな。これが、魔物に魂を売った者の末路か」

「名のある歴戦の猛者《もさ》でも抵抗できぬとは。魔物の洗脳も侮れないな」

「これ以上の苦しみは無用です。この者らに救済を与えてあげましょう」

返ってきたのは、哀れみの言葉。

ある者は顔を顰め、ある者は諦めに近い溜め息を溢し、ある者は神に祈りを捧げる。誰もが俺の発言を認めず、聞き入れようともしない。

言葉が通じない。それだけならまだ、やりようはあった。

だが、こいつらは、はなから会話するつもりがないらしい。

「……そうか。そういうことかよ」

こいつらは、どこまでも——俺達を悪者にしたいって訳だ。

「陛下、彼らは洗脳されています。すでに魔物どもの手に落ち、人としての常識すらも書き換えられている。……我々ではもう、彼らを救えません」

「………うむ。嘆かわしいことだ」

何が洗脳だ。

そんなくだらないもので、俺達の仲を決めつけるな！

「この者達は魔物を手引きし、我が国を陥れようとした。たとえ洗脳状態にあったとしても、到底許される行為ではない」

審問会の場に鳴り響く、小槌の音。

国王の手によって判決が下される——最後の合図だ。

「ゴールド、ギード、トロネ。この三名を、国家を陥れようとした反逆者と見なし、十日に及ぶ拷問の末、広場にて——斬首刑とする」

言葉は、何も出なかった。反論する気力も抵抗する体力も、もう俺には残っていない。

国王が下した最終通告を、ただ静かに受け入れる。不思議と悲観はしていなかった。

……あの街で、俺達は十分に楽しめたから、かな。

あそこは良いところだ。

魔物の強弱なんか関係なく、魔物と人間の間にも隔てがない。

みんなが一丸になって街を作っている。全てはクレア様の願いのために。彼女の願いを叶えるためなら、みんなが喜んで協力する。そこに種族なんて関係ない。

…………本当に良い場所だった。

クレア様達ならきっと、この先、もっと住み心地の良い街を作ってくれるだろう。

今更、俺達が居なくなっても問題はない。シュリとロームは逃せた。クレア様の棺桶も託すことができた。あの街のことは最後まで言わずに、ここまで来れた。

俺達がやれることは、もう終わった。

――だから、きっと大丈夫だ。そう思うと、少しは気が楽になった。

『たとえそうだったとしても、我らの主は悲しむだろうな』

声が聞こえた。

その瞬間、隙間風すら通らない密閉空間の中で突風が吹き荒れた。

『助けに来てみれば、何を弱気になっているのだ？』

「っ、クロ!?」

風になびく、黒くて美しい体毛。獰猛《どうもう》に唸る声からは怒りの感情が溢れ出し、限界まで釣り上げられた瞳は、周囲の生き物全てを圧倒する威圧感を放っていた。

『遅れてすまない。もう大丈夫だ』

人を丸呑みしてしまうほどの巨体。

『もうあんな醜態《しゅうたい》は晒さないわよ！　覚悟しなさい！』

岩さえも軽く噛み砕いてしまうほどの牙と、鋭い爪。

『今度は俺達が助ける番だ。人間相手に後《おく》れは取らないぜ！』

堂々とした様でその場に立つ、強者の風格は――まさに『神話』を生きる存在。

それは誰よりも信頼できる、仲間の姿だ。

『主の命により助けに来た――我らが同胞よ』

魔物の街の最大戦力――ブラッドフェンリルがそこに集結していた。

◆◇◆

主に見送られ、街を出た我らは全速力で広野を駆けた。

あの元冒険者の三人、ゴールド達を救い出す時間はもうほとんど残されていない。

人間の身であるミルドには辛いと思うが、すぐにでも彼らの身柄が拘束されているノーマンダル王国とやらに向かう必要があったのだ。

目的地はすぐに見えてきた。外敵を一切寄せ付けない巨大な壁の向こう側に、あの三人が拠点としていた王都とやらがあるのだろう。

「ここで止まってくれ」

背中に乗せたミルドの声に従い、我らは足を止める。

「未知の魔物が発見されたことで、王都は警戒態勢に入っている。そんな中、馬鹿正直に検問を受けて入るのは難しい。もう少し行った先に俺と、俺の仲間にしか知られていない裏道がある。そっちに行くぞ」

『了解した。案内してくれ』

我々はミルドの案内に従い、万が一を案じてラルクの得意とする『影移動』で身を隠しながら、王都の中へ侵入した。

人間は一見、普通に生活しているように見える。

しかし、ここを初めて訪れた我でさえ不思議に思うほど、巡回兵が多い。

我ら『黒い魔物』の情報が、まだ一部の者しか知らされていないという情報は本当だったらしい。

それは一般市民を無駄に警戒させないようにとの気遣いなのか、現状の手だけで我らのことをどうにかできると侮っているのか。

……どちらにしろ、ここは敵地だ。

巡回中の兵士に見つかり、少しでも騒ぎになればこちらが動きづらくなる。ここは今すぐに救い出したい気持ちを抑え、慎重に行動するべきだろう。

「まずは俺の別荘に行く。そこで仲間と合流する予定だ」

『その者は信頼できるのか？』

「人を見る目だけはいい。……これは俺の自慢なんだ」

つまりは、何も心配するなと言いたいのだろう。

人手は多ければ多いほど嬉しい。

だが、それは信頼できる者でなければダメだ。

ミルドが信頼している仲間ならば、きっと大丈夫なのだろう。

「俺の別荘はこっちだ」

そのまま王都の外れにある別荘まで行くと、馴染みのある魔力波が感じられた。

シュリとローム、そして微かに感じるのは……我が主の魔力だ。

『クロ！　ラルク！』

中に入ると、シュリがいち早くこちらに気がついて声をあげる。

その傍《かたわ》らには、主の棺桶を包み込むように丸くなるロームの姿もあった。

『お前達、無事だったか』

『ええ、どうにか……そこに居るミルドのおかげよ』

『姫様の棺桶も、無事だ。これだけは全力で守らないと、示しがつかない、から……』

二匹は歯切れ悪くそう言い、我に頭を下げた。

『ごめんなさい。私達が油断したせいで……余計なことを』

『罵倒《ばとう》も嫌味も全部聞く。でも、今だけはあの三人を――』

『懺悔の言葉は後だ。文句も全てが終わった後に好きなだけ言わせてもらおう。主も交えた全員で反省会だ。しかし、まずは捕らえられた三人の救出が先だ。――ミルド』

ミルドは別荘に着くと同時に、待機していた彼の仲間から話を聞いていた。

その人間達がミルドの言う『信頼できる仲間』らしく、彼らは王城へ侵入して三人の置かれている状況を調べてくれていたらしい。

だが、ミルドの表情から察するに、我らが望む良い知らせはないようだ。

「……少し困ったことになったぞ。城に居る騎士や兵士が言っていた話によれば、すでに審問会の準備は終わったらしい」

『審問会？　なんだそれは』

聞き馴染みのない言葉に、問いかける。

「王都の一番大きな教会で開かれる、国中の重鎮が揃って罪人を裁く場のことだ。年に一度あるかないかの審問会なんだが、予告もなしに開くってことは……どうやら今回の件は予想以上に大事になっているみたいだな」

罪状を明らかにし、その場で罪を執行する。

それが近いうちに開かれるらしい。

言わずもがな、そこでゴールド達は裁かれるのだろう。

『その、審問会とやらの日程は？』

と、ミルドは明らかに顔を苦渋に染めた。

ゆっくりと口を開き、呻くように彼は言う。

「決行は本日午後――三時間後だ」

『なっ⁉』

耳を疑う発言に、我らは言葉を失った。

あまりにも早すぎる。いや、我らの到着が遅かったのか？

その焦りが態度に出ていたのだろう。我がそう問うより先に、ミルドは「違う」と首を振った。

「審問会は早くても一月前に予告される。だが、三人が投獄されてまだ四日だ。早いなんてもんじゃない。――これは異常だ。

どうやら、どんな拷問にも口を割らなかった三人に対して、今度は審問の場で強制的に街の情報を吐かせようとしているみたいだな。三人の抵抗力が弱まっているところを魔法で自白させるつもりなんだろう。その後は適当な罪を被せて――……くそったれ。どこまでも汚い連中だぜ」

三人は、主との約束を守ってくれたようだ。

どのような拷問にも耐えた。おそらく、我々では考えもつかないような苦痛を与えられただろう。

それでも三人は口を割らなかった。

心の奥底では、人間がと三人を侮っていたが……それは我の間違いだった。

三人は強い。我らのために、主のために、最後まで信念を貫いてくれた。

彼らは、我らの仲間だ。

種族は違えども、決して失ってはいけない――我らの同胞である。

――絶対に全員で帰ってきて。

ああ、我が主。必ずや、その命に応えてみせよう。

『なんとしてでも救い出す。異論はないな』

『あの三人は私とロームを命がけで庇ってくれたわ。たとえクロが反対しても、私は助けに行っていたわよ』

『シュリの言う通りだ。受けた恩は返す。絶対だ』

『そのために来た。何もせずに帰還すれば、クレア様に顔向けできないからな』

我らフェンリルは何百年と住処を共にしても、行動理念や優先事項が一致することはなかった。

我が主と出会ってからも、それぞれの意見が食い違うことが多々あった。

こうして考えが一致したのは久方ぶりだ。

まさか、そのきっかけが人間だとは……夢にも思わなかったな。

『ミルド。時間がない。作戦を教えてくれ』

「ああ、もちろんだ」

頷き、ミルドは彼の部下へと振り返る。

「てめぇら、準備はいいか。相手は王国だ。これ以上ないデケェ相手だ。

――だが、仲間を見捨てる理由としては、それはちょいと不十分だよな。この程度のことで俺達は諦めねぇ。早いところ間抜けなあいつらを助けて、一杯奢らせようぜ！」

「「「「応っ！！！」」」」

我ら魔物と、魔物を狩る冒険者。

互いの間にあった因縁の関係は、この時をもって一時的に無力となった。

我らは同胞の信念に報いるため、彼らはかつての盟友を助けるため。

今は、全員が一丸となって戦う時なのだ。

◆◇◆

我らは地図を囲み、ゴールド達を救出するための作戦会議を始めた。

「本当はすぐに救出したいところだが……なんの準備もない今、敵の多い王城に行くのは危険すぎる」

三人は王族の住む城の地中、地下牢に囚われているらしい。そこには勿論、見張りの兵士が大勢待機しているのだろう。強行突破するのは簡単だが、それでは余計に人間達を刺激して、奴らは更に我らの街を警戒し、次々と兵力を投入してくるだろう。

再び街に人間の手が及ぶのは、主の望みではない。

また我らが戦うことになれば、主はその度に心を痛めるだろう。

これを我らは望まない。主にはなんの心配事もなく、ただ心安らかに眠っていてほしいのだ。

『救出は秘密裏に行いたい。……だが』

「ああ、それはもう無理だな」

当初の予定では下準備を整え、陽動と救出を手分けして行うつもりだった。

しかし、三人が審問会に運ばれるのは――三時間後になった。

もう我々には時間がないのだ。

「やはり強行突破での救出しかない。むしろ、それ以外はほぼ不可能に近いな」

審問会の準備はすでに終わっている。

ゴールド達を監視する目は強固になり、王城にはほとんどの戦力が集結《か》している。

陽動作戦をしても釣れるのは半分も満たないだろう。それらの目を掻い潜《くぐ》りながら救い出すのは

……我らの力をもってしても困難だ。

『本当に、思い通りにいかないものだな』

だが、仕方がないか……。

我は溜め息を一つ、覚悟を決める。

『手段は選ばない。三人の救出を第一に考える。主からの命令が最優先だ。街に被害が及ぶ可能性もあるが、今後、人間との対立は我が全ての責任を背負う』

『クロ……』

主は「絶対に」と言った。

『我らの街に被害が及ぶ可能性があるから』という言い訳でゴールド達を見殺しにすることは――絶対にあってはならない。

ならば、我は主のために全てを背負う。

結局のところ、我ら魔物は戦うことでしか平和を求められないのだ。

主のために平和を築きたい。

だが、我々は戦う他ない。矛盾《むじゅん》していることは分かっている。

我はこの先もずっと、主の願いを叶えられない無力さを嘆くだろう。

『私達もやるわよ』

『……シュリ』

『争いになれば、クレアちゃんは悲しむかもしれない……でも、あの子ならきっと理解してくれるわよ。仲間のために頑張ろうとしているんだもの。誰もあなたを責めやしない』

『ずっと共に行動してきた仲だ。水臭いことを言うな』

『今更取り繕ったところで姫様からのお叱りは受けるんだろうし、どうせ怒られるなら全員仲良く怒られたほうがいいだろ？』

我だけが背負う必要はない。

皆が、そう言った。……ああ、そうだな。我は良い仲間に巡り会えたのだな。

「よしっ、クロの覚悟を聞いたんだ。俺達も腹をくくるしかねぇな」

ミルドは頬を叩き、地図に線を書き込み始める。

それは三人が居る城と聖教会とやらを繋ぐ線になった。

「十中八九、王城から教会まではこのルートを辿るだろう」

『それでは遠回りではないか？　なぜ回り道をする』

「俺の予想だが、すでに三人の体は限界だ。歩くことすら難しいだろう。その状態で無駄に歩かせる。そうすれば体だけじゃなく、精神すらも追い詰められるんだ」

そこまで言われて、ようやく理解した。

『心身共に弱らせることで、自白させやすくするのか』

「その通りだ」

人間とは、ここまで非道で酷くなれるものなのか。

なんだ。人間はよく、我ら魔物のことを『化け物』だと呼称するが、そう言う人間の心のほうがよっぽど——醜《みにく》い化け物ではないか。

「ここの通り道、おそらくこの位置だな。ここは特に道が開けている。助けるにはもってこいだが……ここで騒ぎを起こすのは得策じゃない」

『平民が多く集う大通りだな。その近くで騒ぎを起こすと面倒だから、だな？』

「正解だ。これでは罪のない一般人にも被害が及ぶ。……すまん。絶好のチャンスは間違いなくここなのに、俺達の都合で……」

『それ以上は言うな。罪のない人間を巻き込むほど、我らは人間を恨んでいない』

ここで強引に事を進めれば、それこそ主に怒られてしまうだろう。

「どうして、巻き込んだの？」

背後に『ゴゴゴッ』という圧を滲《にじ》み出す、主の姿が容易に想像できる。

主は優しい心の持ち主だ。無関係の者が被害に遭うことを良しとしない。

その優しさは、時に仇となるだろう。

だが、そうなった場合、我らが主を守ればいいだけの話だ。

その程度の苦労よりも、主に叱られることのほうが何倍も辛い。

そのため、我らも無関係の人間に対し、憎しみを持たないように心掛けるのだ。


「んで、次のチャンスは——ここだ」

それは教会の中。審問会が行われる場だった。

別荘に来る途中の道のりで、教会の位置は確認してある。そこは王族が住む城の次に大きく、遠方からでも目立つ純白の建物だったため、自然と視界に入っていた。

『だが、危険なのではないか？』

おそらく、そこには多くの兵力が集まっているのだろう。

それ以外にも、審問会の場にはこの国を支える王族や貴族、教会内での重鎮などが集うはずだ。

「それを利用するんだよ」

『………ふむ。詳しい説明を頼む』

「お偉いさんが集まる場所では、騎士も魔法使いも十分に動けないはずだ。王族や貴族を傷付ける訳にはいかないからな。……だが、俺達には関係のない話だろ？」

なるほど、そういうことか。

無駄に思慮《しりょ》深い人間のことだ。周囲に守るべき対象が居る室内では、騎士は剣を振り回せないし、魔法使いも威力の高い魔法を撃つことを躊躇《ためら》うだろう。人間側は十分に力を発揮できない。

しかし、我らにはそのような縛りがないため、救出するべき三人の安全にさえ気をつけていれば、自由に動き回れるのだ。

「当初の予定では俺達が救出、フェンリルが陽動だったが……俺達だけで国家権力を相手にするのは無理だ。そこで三人の救出はクロ達に任せたい。代わりにこっちは陽動と逃げ道の確保、審問会の外に居る見張りの相手をする」

ミルド達には地の利がある。

だからこそ秘密裏に救出するためには、我らより人間が行動したほうが有利に動ける。

しかし、それはもう通用しない。

審問の場には国家戦力のほとんどが集結していると考えて間違いない。人間であるミルド達だけでは荷が重いだろう。

ならば我々フェンリルの出番だ。

すでに内部の大まかな構造は把握している。我らだけでも問題なく行動できるだろう。

『了解した。三人を救出した後は、どこで合流を？』

「さっき通ってきた裏道があるだろう？　そこまで三人を運んできてくれ。馬車を用意しておく。それに乗って森まで逃げてくれ」

『……その後はどうするのだ？　お前達も国に歯向かうのだ。お前達もここには残れないだろう？』

「そこは大丈夫だ。すでに俺の後任手続きは済ませてある。……ここに居る全員が居なくなったって、ギルドは大丈夫さ」

つまりは、この場に居る全員で逃げるということか。

……主はなんと言うだろう。

いつも通りの口調で、「ん、いらっしゃい」と受け入れるのだろうな。

『分かった。責任を取ると言ったのは我だからな。人間が増える程度、問題はない』

「ありがとな。世話になるわ」

『ああ、こちらこそ。……だが、この挨拶は全てが終わってからにしよう。今は目の前のことに集中したい』

「……そうだな。まずはあいつらの救出。それを優先しよう」

作戦決行まで、あと二時間。

我らは最大限の力を発揮できるよう、最後の時まで、入念な打ち合わせを進めた。

◆◇◆

そして作戦決行の時。

審問会の場へ乗り込み、ゴールド達の姿を見た時、我は後悔の念に駆られた。

ギードとトロネは気絶して地に伏し、唯一ゴールドだけが意識を保っていたが、その表情は憔悴《しょうすい》しきっており、着衣は所々が擦り切れ、そこから見える肌には痛々しい傷跡が深く刻まれていた。

すでに限界だったことが、彼の惨状から窺えた。

この状態で拷問に耐えるのは、並外れた忍耐力と精神が必要だ。我も主のためならば、たとえ死んでも拷問に耐え抜く覚悟はあるが……それは決して簡単なことではないだろう。

ましてや三人は主と契約をしていない、ただの人間だ。

痛みも苦しみにも弱く、血を流しすぎればすぐに死ぬ。

そのような状態で、よくぞ今まで耐えてくれたと、三人に感謝の意を示す。

『主の命により助けに来た――我らが同胞よ』

ならば、我は三人の意思に敬意を表し、改めて彼らを『同胞』と認めよう。すでに救われることを諦めていたのだろう。我らが姿を現した時、ゴールドは驚愕《きょうがく》して目を大きく見開いていた。

しかし、その顔はすぐさま困惑に変わる。

ここは人の国。敵地だ。

――我らの姿は決して、人間に知られてはいけない。我が口うるさく、何度も言葉にしていたことだ。それを撤回して助けに来たことが信じられないのだろう。

「ど、どうして来たんだ！　お前らの正体がバレたら……！」

『だからどうした？』

「なっ――!?」

王国に我らの存在が気付かれる。

――その程度の代償、同胞を救えるならば安いものだろう。

『ローム、敵の戦力を削ぐのだ』

『了解!』

瞬間、ロームは駆けた。

床、壁、天井、空中。その全てがロームの戦場であり、独擅場だ。

主との契約によって進化した我らの脚力に対抗できる人間はおらず、全方位を風のように駆け回る姿を視認することさえ不可能。

ミルドの予想通り、人間は十分な力を発揮しきれていない。

その点、我らは簡単だ。

人間どもを蹴散《けち》らし、我らの力を示せばいいのだから。

『シュリは三人を守れ。ラルクはロームの援護を。敵将らしき者を優先して倒せ』

『分かったわ!』

『任せろ』

ロームとラルクが相手を撹乱《かくらん》してくれている間に、我も自分の役割を全うする。

『外でミルドらが待機している。ここを出て合流するぞ』

「だが、あいつらは……?」

ゴールドの視線は、今も風のように駆け回る二匹へと向いていた。

『その状態でも他人を心配するのか？』

「うぐっ……」

どこまでもお人好しなゴールドに呆れてしまう。

だが、その気持ちはありがたい。

『案ずるな。あの二匹なら簡単にここを抜け出せる。まずは自分の身を優先してくれ』

我がゴールドとギードを、シュリがトロネを背に乗せて駆け出す。

「っ、黒い魔物だ！　反逆者も居るぞ！」

「絶対に通すな！　ここで殺しても構わん！」

騎士がそこら中から飛び出し、我らの行く手を阻む。

その一つひとつを相手にしている暇はない。今はミルド達との合流が先だ。

『止まるな。強行突破する！』

騎士どもの頭上を跳び越え、包囲網を抜け出す。

聖教会の外にも人間は待機していた。騎士や魔法使い、それに加えて王都を巡回していた兵士も
……人数だけで言えば、先程の比ではないほどに集まっている。

『やはり、陽動だけでは無理があったか……』

幸いなことに、我らの存在はまだ気付かれていない。

だが、誰もが教会の入り口を警戒しているため、飛び出せばすぐに追われることになるだろう。

ここ以外から出て行ける場所はある。

しかし、今から引き返して教会の中を駆け回るのは、却って危険だ。

『クロ、どうするの？』

騎士は今も後ろから追って来ている。

立ち止まっていれば、前と後ろから挟まれてしまう。

『面倒なことになったな』

この様子だと、王都全体が警戒状態にありそうだ。

すでに王都の構造は把握している……が、これだけの数を欺《あざむ》いて合流地点に向かうのは難しい。

本気を出した我らの脚力ならば、合流地点まで一足で跳べる。

だが、それではゴールド達の負担が大きすぎる。

——どうする。どうすればいい？

『止むを得ん。殺してでもこの場を』

そう判断を下そうとした瞬間、耳をつんざく爆発音が王都全体を震わせた。

遥か後方だが、熱気がここまで伝わるほどの大規模なものだ。

「た、大変だ！」

兵士の一人がやって来て、声を荒げる。

「南口に黒い魔物が現れたぞ！　反逆者も一緒だ！」

「なに!?　ここに現れるのではなかったのか！　……くそっ！　魔物どもめ無駄に知恵が回る！

総員、後方部隊の援護に向かえ！　反逆者と魔物を逃がすな！」

人間側の移動は素早かった。

すぐに正面入り口を張っていた兵士は全て居なくなり、つい先程報告をしに来た兵士だけがその場に残る。

「……出てきていいですよ。クロさん」

その男は確信を持ったように教会の正面――我らのほうを振り向いた。

罠《わな》の可能性は考えた。

だが、本当に罠だったならば、一人だけが残る意味が分からない。

「僕はムッシュ。あなた方の仲間です。今は魔法で姿を変えているせいで見覚えがないと思いますが、どうか警戒しないでください」

その名前は聞き覚えがある。

確かミルド直属の部下で、相当な魔法の使い手だったはずだ。

「みんなは合流地点に居ます。さっきの人達が戻ってくる前に、早く！」

他に打つ手はない。この機会を逃したら、余計に面倒なことになるだろう。

『恩に着る！』

男の言葉を信じて、飛び出す。先程の爆発音があったおかげで、道中は比較的安全に進むことができた。まだちらほらと兵士の姿を見かけたが、少数ならば問題ない。我らは迷いなく合流地点まで向かい、別行動をしていたミルド達と合流することに成功した。

「ミルドさん！」

「お前ら！　こんなボロボロになるまで無理しやがって……悪い。遅れちまった」

「いや、いいんですよ。……みんなも、助けに来てくれてありがとう。馬車も用意してくれて、何から何まで……」

『感傷に浸るのはそこまでだ。まずはこの場を離れよう。全員、早く馬車に乗れ』

救出した三人、ミルドを含む協力者全員が馬車に乗ったのを確認し、我とシュリは前に立つ。

『準備はできたな？　では、行く――っ』

妙な胸騒ぎがした。何か奇妙なものに包まれたような感覚と、気味の悪い息苦しさ。獣の本能が、これは危険だと警鐘《けいしょう》を鳴らしていた。

『ミルド、これは――ミルドっ！』

馬車の手綱を持つミルドへと振り向き、慌てて駆け寄る。

ミルドは胸を押さえて苦しそうな呻き声を発していた。彼以外の者はぐったりとして動かない。死んではいない。気絶しているようだ。

「ぐぅ……！　これ、は……結界か」

『結界だと!?　一体誰が』

「気をつけろ、クロ……俺達の行動、誰かに見られてるぞ……！」

『なん、ぐぅ……！』

唐突に降ってきた超重力に、体が地面に縫《ぬ》い付けられた。

シュリも同じく地に這い、ミルドは……限界が訪れたのか他の人間と同じく気を失っている。

――なんなのだ、これは。我が動けないだと？　……フェンリルの我が？

ミルドは『結界』だと言った。そして、我らの動きが見られているとも。

これほどの強力な力は、どこから出ている？

これほどの結界を展開できる人間が存在するだと？

「っんん〜〜！　これはこれは、間抜けな獣が見事に引っ掛かってくれたみたいだねぇ？」

場違いな明るい声と、陽気な拍手の音。

ザッ、ザッと、足音が近づき、それは我の鼻先で止まった。

「やぁ、初めまして？　黒い魔物さん」

丸眼鏡に着崩した白衣。研究者のような風貌の男は、その顔にニタニタと薄気味悪い笑みを浮かべながら——我らの前に姿を現した。その手には何かを書き記すための板と、人間の腕くらいはある巨大な杭《くい》を持っている。

杭からは不気味な魔力を感じる。

しかし、それがなんなのかは分からない。

魔力の正体を見極めるだけの余裕は、今の我に残されていなかった。

あまりにも急な襲撃。

我々が予測し得ない、人間が作り出した罠。

『貴様、が……これを』

「せいかーい。どうやら、『黒い魔物に知性がある』って話は本当みたいだね。こうやって出会うまでは半信半疑だったんだけど……まぁ、それはどうでもいいか。……気分はどうだい？　僕の長年の研究成果が、君達を無力化させたんだ。どう？　凄いでしょう？」

結界を作り出した……奴は魔法専門の研究者なのだろう。

だが、まさかこれほどとは。

「この結界はね、範囲内に居る最も魔力の高い存在に反応して、その力を縛るんだ。魔力が高ければ高いほど、結界の効果は高まる。……でも、耐久性をまだ試せていなくてね。どれくらいの強度なら耐えられるかを試したくて、ずっと実験体を探していたんだけど、残念なことに国の宮廷魔法使いだと実験にもならなくてね。困っていたんだ。

……そしたら、ちょうどいい侵入者が居るじゃないか。

ああ、これは偶然じゃないんだ。君達の行動と作戦は最初から分かっていた。君も、そこの裏切り者から話は聞いているだろう？　遠隔に居る人間の視覚を共有する魔法——神の目。僕達はそう呼んでいる。対象にさえ触れれば簡単に付与できるから、君達の協力者に接触して行動を監視させてもらったんだ。だから君達の作戦は、こっちに筒抜けだったってわけ。……あははっ！　残念だったねぇ。最強の神話生物さん？」

機密情報をペラペラと、本当によく喋る人間だ。

それは余裕の表れなのだろう。

我らを完全に無力化したと確信しているからこそ、ふざけた態度でいられるのだろう。

——我々はフェンリルだ。神話より語り継がれる伝説の魔物だ。

それに加えて、我々は主との契約によって強化されている。そんな我々のことを、人間如きがどうにかできるはずがないと心の底で侮っていた。

あり得ないことだと思っていた。

なぜなら、人間は全種族の中で最も弱く、脆い生き物だからだ。

遥か昔、全種族を巻き込み、世界を舞台に繰り広げられた神魔大戦があった。

その時も人間——人類種は大陸の端っこで怯え、時には無情に住処を奪われ、支配され、虐殺され、それでも尚、全てが終わる時をひたすらに耐えていた。

我は、その過去を知っている。

だからこそ、仲間の安全に気をつけていれば大丈夫だろうと思っていたのだ。

しかし、現に我々は身動き一つ取れずにいる。

随分見ない間に、人間は凄まじい発展を遂げていたらしい。

だが、原理がいまだに分からない。男が発明したと言う結界の真価を、実際に身をもって体験している今でも……やはり信じられない気持ちのほうが強いのだ。

おそらく、他種族の力を借りているな。

ドワーフの魔法加工。エルフの魔法技術。精霊が持つ純粋な魔力。微かに上位竜種の力も感じるが、その心臓である宝珠《ほうじゅ》を触媒《しょくばい》にしているのか。

なるほど。これは言わば、人間による『最高傑作』なのだ。

自分達では何も生み出せない代わりに、他種族が引き継いだ知識と技術を積極的に取り込む人間だからこそ、これを完成するに至ったのだろう。

人間が慢心《まんしん》するのも頷ける。

……情けないな。

我々が侮っていた人間の手によって罠に掛かるなど、一生の恥だ。

「ああ、そういえば」

と、国家の機密情報をベラベラと話しながら、最終的にまったく関係のないことにまで話を広げていた男は、唐突に何かを思い出したかのように声を弾ませた。

「君とそこの魔物の他にも、同じような仲間が居たよねぇ？　そいつらには本当に困っちゃったよ。貴重な審問の場を荒らしてくれちゃってさ、こっちは頭が痛いよ……」

人間は神への信仰心が強い。神魔大戦を生き残れたのは神のおかげだと、その言い伝えが根強く浸透しているのだろう。そのため、神へ祈りを捧げる教会は重要視される。

我々はその最も核となる部分に侵入し、この国の貴族ごと掻き乱した。

…………ざまぁない。

「あそこに入れる人間は限られているからね、そのせいで修復も難しい。でも、それはもういいんだ。もう終わったからね。これ以上、壊されることはないから」

『……なんだと？』

どういうことだ。

まさか、あいつらがやられたのか？

「ああ、言ってなかったっけ？　この結界は王都全体を包み込んでいるんだ。だから、君達に逃げ場はないんだよ。この王都から離れない限り、君達はずっと――このままだ」

『っ、貴様！　関係のない民衆をも巻き込んだのか！』

「…………ん〜、あれぇ？　そっちに怒っちゃったの？　ははっ、魔物が人間の心配をするなんて変なの。いやぁ、僕だって心が痛むよ。でもさ、所詮彼らは無力な人間なんだ。ちょっと気絶する程度で魔物の脅威から救われるんだから、むしろ僕達に感謝するべきじゃないかな？　ちゃんと後で謝罪はするつもりだし、何も」

『そういう問題ではない！　この、ゲスが……！』

我らを捕らえるために、平気で民を巻き込む。

そのような人間が国の重責を担っているだと？

――ふざけるな！

これを許可した王族や貴族も同じだ。全員腐っている。自分達が守るべき民の安全を考慮しない者が、良き王になれる訳がない！

「おお怖い怖い。身動きは取れなくても、迫力だけは健在って感じ？　やだなぁ、そんなに睨まないでよ。どうせ、この結界が発動している間、君達は無力な……」

『ぐぅ、ァぁあああああ！』

叫び、脚に力を込める。

少し動いた――が、すぐに限界が訪れ、我は再び地に伏せることになった。

「んだから……って、これは驚いたな」

どうやら、そのことが男は予想外だったらしい。

目を大きく見開き、慌てたように手に持っていた資料を見始めた。

「おかしい。結界の中では、力を相殺《そうさい》する腕輪がないと絶対に動けないはず……まさか、僕の術式に間違いがあった？　……いや、何も間違っていなかった。何もかもが完璧だったはずだ。あり得ない。君が規格外なだけかな？」

『知るか外道《げどう》！　貴様と話す義理はない！』

「わぉ、威勢がいいね。最高だよ。……でも、口の利き方に気をつけたほうがいいよ」

巨大な杭によって、腹を刺される。

久しく感じていなかった激痛に、我は言葉を失った。

「アハッ、いいねぇ。その顔、素晴らしい！　……どう？　君が見下していた人間に好き勝手やられる気分は。最悪だろう？　ハハッ！」

腹を抉《えぐ》られ、四肢《しし》を貫かれ、片目を潰される。

耐え難い苦痛だ。

血が流れ、我を中心にそれは広がる。……血を流しすぎた。意識が朦朧としている。少しでも油断をすれば、気を失ってしまいそうだ。

だが、我は決して屈しない。

これと同じ痛みを、苦しみを、ゴールド達は味わったのだ。

——ならば、我が耐えなくてどうする！

「あれ、随分と頑張るね……どうせ死ぬんだ。なんでそこまで頑張るのかな？　——そうだ！　君達の街。そこの情報を教えてくれたら、君だけは助けてあげよう。僕が王都の外まで運んであげるよ。その後は好きなところに逃げればいい。素晴らしい提案だと思うけど、どうかな？」

『ふざけるなッ！　同胞を裏切るくらいなら、我は死ぬ！』

「……強情だね。その様子だと、もう一匹の魔物に同じことを聞いても、きっと同じ答えが返ってくるのだろう。うーん、どうしようかな？　とても残念だけど、情報を吐いてくれない君達には用がないんだ。結界の耐久性も確認できたし、早々に終わらせようか」

男は杭を持ち上げ、我の脳天に狙いを定めた。

「僕の研究に協力してくれて、ありがとう。……ああ、心配しないで？　君の仲間達もすぐに同じところへ送ってあげるから――さ！」

それが振り下ろされる。

我は最後まで屈することなく、男を睨み続けた。

【全ては主のために】

この思いは街の仲間に託した。

あいつらならば主の助けとなってくれるだろう。

きっとこの先も、主を中心とした街を作り続けてくれるだろう。

どんな場所よりも平和で、どんな場所よりも寝心地の良い、そんな街を……。

そこに我らが居ないのは……残念だ。

だが、望んだところで今更どうすることもできない。

『申し訳ありません。この先もずっと、心からお慕いしています』

――我が主。


「っ、いやぁあああああァッッッ！！！！！！」

悲痛に染まる、少女の絶叫。

こちらまで心が痛むその叫び声は、もう二度と聞くことはできないと思っていた。

瞬間、紅い霧が周囲に巻き起こる。

それは渦を巻きながら一箇所に収束《しゅうそく》し、やがて――少女の姿をかたどった。

「なに!?」

『…………っ、ぁ、ああ……』
両者の間を塞ぐように降り立った、その姿。
『どう、して……』
彼女は赤黒いオーラを纏い、我に背中を向けている。
我は震えていた。
感動ではない。
これは『恐怖』だ。
それ以外のどんな感情よりも強く、我は恐怖していた。
無言で立つ彼女の背に、初めて見せた彼女の怒りに――我は心から畏怖《いふ》しているのだ。
「な、なんだなんだなんなんだ！　お前！　急にどこから、どこか」
「…………うるさい」
「――っ！」
たった一言。
それだけで男は口を噤《つぐ》み、これ以上ないほど体を震わせた。
――化け物。
男の瞳は、そう言いたげに揺れている。
『…………なぜ』
彼女の背中を見つめる。
なぜ、なぜ貴女が――。

「…………ごめんなさい」

彼女――主はこちらへ振り向き、謝罪の言葉を口にした。

どうして、貴女がそのような顔をするのですか。

失敗したのは我です。

むしろ、責められて然るべきだというのに、なぜ貴女様が、そのような顔をするのですか。

「ごめんなさい。ごめんなさい。……みんな、ごめんなさい」

『あ、るじ……』

「すぐに終わらせるから、待ってて」

主は微笑み、再び我に背を向ける。

こちらから見えなくなる一瞬。

主の横顔は、酷く歪んでいるように見えた。

◆◇◆

これは、クロ達が街を出発する直前の話。

『主、頼みがある』

「…………ん、なぁに？」

クロは重々しい雰囲気で、そう言ってきた。

シュリとロームの時みたいに、ギュってしてほしいのかな？

「ん」

そう思って両手を広げるけど、クロはいつまで経っても近づいてこない。

むしろ、ちょっと困ってる……？

「どうしたの？」

『……いや、それはこちらの台詞なのだが』

もしかして違う？　私の勘違い？

あの二匹は何度もお願いしてきたから、きっとそうなんだと思ってた。

これはちょっと、恥ずかしい……かも……。

「えっと、その……お願いって、なに？」

気を取り直して、私はそう聞く。

ギュってするお願いじゃないなら、分からないから。

『主、もし我らがなんらかの危機に瀕しても……助けには来ないでくれ』

「…………え？」

なんで？　っていうのが正直な感想だった。

クロ達が失敗するとは思えない。

でも、たとえみんなが強くても『絶対』はあり得ないから、もしもの時は……って考えていたのに、どうして助けに行っちゃいけないんだろう？

「どう、して……？」

だから聞いた。

クロなら、ちゃんとした理由を教えてくれると思ったから。

『主のためだ』

当然のように言われた。

私のため。

……どうしてクロ達を助けないことが、私のためなんだろう。

『主だけは外に出てはいけない。外の世界はとても危険なのだ。替えの利く我ら魔物だけならまだしも、主にまで危険が及ぶのは望まない』

魔物は替えが利く。

でも、私は替えられないから、外には出ちゃダメ……って、クロは言いたいんだ。

「それは違うよ？」

私は首を振る。

クロの言葉を否定したのは、これが初めてかもしれない。

「フェンリルも、他の眷属も、人間達もみんな――私の大切な仲間だよ」

だから、誰一人も替えなんてないんだ。

そう言ったのに、クロは悲しそうな声で再度、同じことをお願いしてきた。

『主、頼む……頼む。我らの願いを聞いてくれ』

「……絶対に、ダメなの？」

『ああ、絶対にダメだ』

「………………そう……分かった」

クロは、私のことを第一に考えてくれる。

そう信じているから、このお願いもきっと……そうなんだ。

だから私は、みんなを待つ。

それがクロのお願いだと言うのなら、受け入れる。

クロは何度も、私に謝ってきた。

辛い選択をさせてごめんって、不甲斐《ふがい》ない眷属でごめんって……。

それが、私達が最後に交わした言葉だ。

クロ達の出発を見送った後、私はこの街で、みんなが無事に帰ってきてくれることを願って、他の眷属に守られながら、嫌な気を紛らわすために眠っていた。

でも、私はすぐ——その判断を後悔することになった。

「アハッ、いいねぇ。その顔、素晴らしい！　……どう？　君が見下していた人間に好き勝手やられる気分は。最悪だろう？　ハハッ！」

最初に感じたのは、クロの痛みと苦しみだった。

不思議な力で押さえつけられて抵抗できない中、私の腕の太さくらいはある杭でお腹を何度も抉られていた。それが終わったら四肢を順番に、最後は片目を容赦なく。

とても痛そうで、とても苦しそうだった。

それなのに、私に流れてくるクロの心は——微塵も人間に屈していなかった。

……どうして？

……どうしてクロは、そこまでしてくれるの？

私は、ただ眠っているだけの堕落者だよ？

みんなに好かれる性格じゃないってことくらい、私も理解している。

でも、みんなは私を好きになってくれた。

何度も何度も、私のことを見ながら『好き』って言ってくれた。

それは、どうして？

私が『高貴なる夜の血族』だから？

私の近くに居ると安全だから？

そう思っていたけれど、元冒険者の三人も同じだった。

拷問はすごく痛かったと思う。きっと耐え難い苦痛だったと思う。

ほんの一瞬。ちょっと口を開けば痛みから解放されたのに、あの三人は私のために、私達の街のために口を割らなかった。

……どうして？

いくら考えても、理由は分からなかった。

「あれ、随分と頑張るね……どうせ死ぬんだ。なんでそこまで頑張るのかな？　――そうだ！　君達の街。そこの情報を教えてくれたら、君だけは助けてあげよう。僕が王都の外まで運んであげるよ。その後は好きなところに逃げればいい。素晴らしい提案だと思うけど、どうかな？」

男の声が、脳内に届く。

とても耳障りで、とてもうるさくて、とても――嫌な気分になる。

「……強情だね。その様子だと、もう一匹の魔物に同じことを聞いても、きっと同じ答えが返ってくるのだろう。うーん、どうしようかな？　とても残念だけど、情報を吐いてくれない君達には用がないんだ。結界の耐久性も確認できたし、早々に終わらせようか」

このままだとクロが死んじゃう。

嫌だ。

クロだけじゃない。

三人を助けに行った全員が、協力してくれた優しい人間さん達が、私のお願いのために動いてくれたみんなが死んじゃう。

嫌だ。

クロを縛っている結界。

あれをこの街の魔物に使われたら、街のみんなも死んじゃう。

嫌だ。

また、ひとりぼっち？

また私は、誰も居ない世界で眠り続けるの？

――嫌だ！

以前の私だったら、それでいいと思っていた。

でも、今は違う。

私を「好きだ」って言ってくれたんだ。

クロ達は、眠り続けるだけの私を必死に守ってくれた。私のために頑張ってくれた。無茶なお願いだって聞いてくれた。一度も怒られなかった。沢山優しくしてくれた。

みんなの居ない世界なんて、嫌だ。

眠り続けたい、っていう願いは今も変わらない。

でも、それは一緒がいい。

クロ、シュリ、ローム、ラルク、傘下に入ってくれた沢山の魔物。その魔物と一緒に暮らすことを決めてくれた冒険者の三人。協力してくれたミルドさんと、仲間の人達。

みんなが居なくても、私は眠り続けられる。

たとえそうでも、私はきっと、その未来が幸せだとは思えない。

だって、そんなの……寂しすぎるよ。

「僕の研究に協力してくれて、ありがとう。……ああ、心配しないで？　君の仲間達もすぐに同じところへ送ってあげるから――さ！」

「っ、いやぁあああああああッッッ！！！！！！」

――私は叫ぶ。

クロを死なせたくない。

――私は叫ぶ。

みんなを助けたい。

――だから、私は叫んだ。

この声がみんなのところに届くように、って。

◆◇◆

目の前には眼鏡白衣の細男。

そいつは、すごく変な顔をしていた。

私が現れたことに驚いているんだと思う。こっちを指差し、お魚みたいに口をパクパクさせてる。

私の背後には、傷だらけのクロ。

その姿はとても痛々しくて、とても……辛そうだった。

「……ごめんなさい」

私は、謝る。

来るのが遅くなっちゃって、ごめんなさいって。

「ごめんなさい。ごめんなさい……みんな、ごめんなさい」

私が無茶を言ったせいで、ごめんなさい。

こんな姿になるまで頑張らせて、ごめんなさい。

私の我儘のせいで、ごめんなさい。

クロとの約束を破っちゃって、ごめんなさい。

『あ、るじ……』

クロは泣きそうな顔で私を見ていた。

違うよ。クロは何も悪くないんだよ。助けるのが遅れた私と、あの人間が悪いんだよ。

「すぐに終わらせるから、待ってて」

だから、この先は私がやる。

　みんなに、大切な仲間に酷いことをしたこの男だけは、どうしても許せないから。

「ハ、ハハッ……！　お、お前が魔物の親玉だね？　ああ！　ああ……！　僕はなんて運がいいのだろう。まさか、そっちから会いに来てくれるなんて！」

　体を動かすのなんて、いつぶりだろう。

　物心ついた時には常にベッドの上に居たから……はっきりとは覚えてないや。

「こいつらの親玉を！　お前をこの場で殺せば、僕は――僕の研究はこの国に、世界中に認めてもらえる！　いつも僕を馬鹿にしていた奴らを見返せるんだ！　これ以上の幸運はないよねぇ!?　さぁ、魔物の親玉。僕のためにその命を――」

「…………」

「ぁん？　随分と静かだね。まさか今更、僕のことを恐れたの」

「…………すぅ、すぅ……」

「え、寝てる？　この状況で？　僕の話を無視して、寝てる……のか？」

「…………ぐぅ」

「――っ！　起きろおおおおおおおおおお！！！！」

「……、……ん、ぅ……？」

　あ、話が長いから寝ちゃってた……？

　だめだめ。みんなを心配していたせいであまり眠れてなくて、今になって眠気がやって来たけれど……ここで眠ったら余計に心配させるだけだから、今だけは我慢。

　でも、どうしてだろう。

この人の話を聞いていると、無性に眠くなってくる。

『無駄話ほど興味が湧かないものはない』って、誰かが言っていたような気がするけど、本当にその通りだと思う。

私は、この男の全てに興味がない。どうでもいい。

私がここに来たのはクロを、みんなを助けるためだから。

それさえ果たせれば十分だけど、それだと一時凌ぎにしかならない。その後すぐに、これと同じ結界を用意した人間が、私達の街までやって来ると思う。

だから、今のうちに――。

「おい、お前……！　魔物如きが僕に向かって無礼だぞ！　僕は凄いんだ！　未知の魔物から国を救った『救世主』。ノーマンダル王国の研究所副所長、グラパドロールなんだぞ！」

うん。知らないし興味ないよ。

あと名前長い。覚えられる気がしないや。

……覚えるつもりもないけれど。

「ふ、ふんっ！　魔物如きが理解できる訳ないよね！　最低限の知性はあるみたいだけど、所詮はその程度ってことだ！　……まぁいい。お前もそこの獣諸共、すぐに死ぬんだからさ！　僕が作り出した結界の中に入った時点で、お前達の負けは確定、し、て……？」

私は一歩、また一歩と、グ――なんだっけ？　面倒だから眼鏡でいいや。

私はゆっくりと歩いて眼鏡に近づいた。

足を動かすのは本当に久しぶりだったから、違和感のせいで足取りがちょっとだけ覚束《おぼつか》なかったけれど、確実にその男が立っている場所まで歩くことができた。

そのことに眼鏡は信じられないと叫んで、あからさまに狼狽《ろうばい》している。

……無駄に元気な人。

今はその元気さが、ただただ耳障りだ。

「ど、どどどうして僕の結界の中で動ける⁉　この結界は、結界内に居る最も強い魔力に反応して束縛が強くなる。つまりはお前の魔力に反応して、効果を増幅させているんだぞ⁉　腕輪がないと絶対に動けないはずだ！　なのに、なのに……！　どうして、お前は！」

「分からないし興味もない。でも多分、大したこと、ない……？」

「………は？」

大きな口を開いて、一瞬、眼鏡は動かなくなる。

「あ、あああり得ない！　そんなはずはない！　僕の結界は完璧なんだぞ⁉　ちゃんと起動している。現に、後ろの魔物は動けていないじゃないか。あり得ない。そうだあり得ないんだ。こんな嘘なんか、あっては――ならないんだぁあああああああああああ！」

うわぁびっくりした。

急に大声を出されたから、さっきまでの眠気が吹き飛んじゃった。

この人の考えは、よく分からない。

現実で起こっていることなのに、どうして「あり得ない」って言うんだろう。それを不思議に思っていたら一人でぶつぶつ喋りだすし、急に叫ぶし……本当に変な人。

でも、おかげで助かったのかな？

寝起きだったせいで、私はどうしても目の前のことに集中できなかった。興味のない話を聞かされたせいで眠くなっちゃったし、どうにか頑張ろうって我慢していたけれど……難しかった。

この男のおかげで、眠気がちょっとだけ引いた。

これで本気を出せる。契約以外で初めて使う力を――使える。

「来て――【血溜まりの棺桶】」

私の足元に、大きな棺桶が出現した。

傷一つない綺麗な棺桶。みんな、ちゃんと守ってくれたんだね。

「ん、しょ……」

私は棺桶の中に手を入れて、がさごそと漁る。

そして、やっと見つけた物を引っ張り出して、その先っぽを眼鏡に向けた。

「なんだ、それは……なんなんだ、その『剣』は⁉」

私の血と魔力で作られた剣。

私の全力を出し切ることができる、唯一の魔剣。

「……は、ははっ、その剣で僕を殺すつもりかい？　でも、残念。どうせ無駄だよ。僕が何も考えずに一人で出てきたと思った？　流石の僕もそこまで傲慢《ごうまん》じゃないさ。こういった万が一の場合を想定して、僕には全ての攻撃を弾く結界が」

無造作に一振り。

パリンッという軽快な音を立てながら、眼鏡を覆っていた薄い膜は砕け散った。

「ある……、…………………………は？」

再び、間抜けな顔。

理解できていないみたい？

なら、説明してあげたほうがいいのかな？

「私に全ての事象は効かない。物理も魔法も全部、私の前では無意味。そんな私の血と魔力で作られたこれも、同じ力を持っている……みたい？」

全ての攻撃を無力化して、全ての防御を無視する。

それが高貴なる夜の血族だけに許された、絶対の力。

それが形になった物だから、相手がどんなに強力な攻撃をしてきたって、相手がどんなに頑丈な防御を張り巡らせてきたって、この剣が【斬る】だけで簡単に壊せる。

――あ、ついでにクロ達を縛っている結界も。

「えいっ」

さっきよりも一際大きな音が聞こえてきて、上空を覆っていた膜も同時に壊れた。

……うん。クロの体を縛っていた嫌な魔力は消えている。

シュリも起き上がり始めた。まだふらついているけど、もう大丈夫だと思う。

ミルドさん達、人間はまだ気を失っているみたい。でも、今にも死にそうだった顔色は少しずつ良くなっているから、時間が経てばそのうち目を覚ますかな。

これで一安心。

クロ達が死ぬことはなくなった。

「ひ、卑怯だ！」

眼鏡は、こっちを指差してそう言った。

さっきまでの余裕の態度はどうしたのかな。この人の魔力からは『恐れ』の感情しか見えない。

「なんだ、なんだ！　なんなんだそれは！　僕の結界を、この僕が何年もかけて作り上げた結界を壊しただと⁉　意味が分からない。——ひ、卑怯だぞ！」

「……卑怯？　どうして？」

この世界は強いものが正義なんだ、って教わった。

勝ったほうが正しい。そこに卑怯も何もない。正々堂々と真正面から戦うのも、相手の隙を狙って騙し討ちするのも、どっちも正しい戦い方。その人が持つ一番得意な能力に全力を出しただけのことだから、油断してやられたほうが悪い。

これは常識のはず。

………でも、人間は違うのかな？

「終わり？」

「もう終わりなの？」

「へ？」

凄く偉そうな口調だったから、もっと対策してきたんだと思ってた。

でも、眼鏡はクロ達を縛る変な結界と、防御結界。その二つしか持っていないみたい。

他の人間が近くで待機してて、助けに来る気配もない。

眼鏡一人で来たくせに、この程度の結界しか持ってこなかったの？

もしかして、あの程度で勝てると思ったのかな。

運良くクロ達を拘束できたからって、全部が上手くいくと思ったのかな。

どうして最善を尽くさないいんだろう。どの生物も死んだらそこで全部終わりなのに、その時にできることをやらないなんて……人間っておかしな生き物。

「…………ふ」

ふ？

「ふ、っざけるなぁぁぁぁ！！！」

眼鏡は絶叫しながら、クロを痛めつけた杭を突きつけてきた。

凄く遅く見える。いつもゆっくり動いている私がそう言うんだから、間違いない。

まだ、手加減してるのかな？

……なら、いいや。

油断したほうが悪いんだから、もう終わりにしよう。

「えい」

剣を一振り。

眼鏡の持つ杭がバラバラに砕け散った。

杭には変な魔力が宿っていた。普通の魔物より硬いクロの体を傷付けたんだ。何か特別な力があるのかと思っていたけど、そんなことはなかった。

「……ぅ、嘘だ。嘘だ嘘だ嘘だッ――！　僕の研究は完璧だったんだ。なのに、こんな……こんな小娘に……！　こんな小娘なんかに全部壊されるなんて、これは何かの嘘なんだあああああああ！！！！！」

「違う、と思うよ？」

「はぁ!?」

「これは嘘じゃないよ。あなたがやったことも、あなたが頑張って作ったものが思っていた以上に弱かったことも、全部――本当のことだよ」

だから、私はこの人に怒っている。

みんなを傷付けた。クロを痛めつけた。私達を馬鹿にした。

――その代償は支払ってもらう。

「認めない。そんなの、僕は認めないいいいいいいいいい！！！！」

人間は魔法で他人との視覚を共有している。

前にミルドさんがそう言っていたのを、今になって思い出した。

だから、もしかしたら今も覗き見してるかもしれない人間さんに、私はこの言葉を贈ろうと思う。

「二度と、関わらないでね？」

これ以上はもう――許せないから。

「アアアァアアアアァァアアアアァアアアアアア――ッ――――――、…………」

半狂乱になりながら私に手を伸ばす眼鏡の両腕を断って、その勢いのまま真っ二つに切り裂く。

これで、やっと……静かになった。

「…………ふ、ぁ」

『主！』

久しぶりに動いたせいで、すごく疲れた。

大きく背伸びをしたら後ろに転んじゃって、私はもふもふの地面にぶつかった。

……ううん。これは地面じゃない。

「ありがとう。クロ」

微笑む。良かった。みんな無事だった。

これで、全部終わったんだよね？

『…………帰ろう。皆で、一緒に』

「うん。みんなで、帰ろ？」

クロの体はもふもふで気持ちがいい。

私達は頷き合って、そして、気がつけば私は…………眠っていた。

エピローグ

『――――という訳だ。報告は以上だが、他に何か聞きたいことはあるか？』

…………。

………………………。

……………………………………。


『主、主！』

「んにゃ？」

大声にびっくりして、目を覚ます。

目の前にはクロが……あれ？　シュリもロームもラルクも、みんな居る。

「ああ、なんだ……」

どうりで寝心地が良かったんだ。

沢山のもふもふに囲まれて、心地良い魔力を感じて……こんなの、すぐに眠く……。

『クレアちゃん。眠いの？』

「ん」

『じゃあ、クロのつまらないお話は終わりにして、おやすみしましょうか？』

「……ん」

『つまらない、は流石に言いすぎではないか？』

『あら、それじゃあクレアちゃんに無理矢理、話を聞かせたいのかしら？』

『それは無理だな。主が眠いのであれば、我はそれを優先したい』

『ほんと、姫様に甘いよねぇ……ま、俺もだけど』

「…………ん～？」

みんな、何かを話している。

内容は分からない。……すっごく、眠いから。

「ん、んぅ……」

『主はお疲れのようだな』

『仕方ないわよ。あんなに力を使ったんだもの。あれから一月眠り続けているけれど、それじゃ足りないわよね？』

一月？　なんの話をしているんだろう？

「なんの、話？」

『覚えているか？　我らを助けるため、主が力を使った日のことを』

「…………………あ～」

反応が遅れたのは、忘れていたからじゃない。

眠すぎて頭が回っていないから、あの時のことを思い出すのが遅れただけ。

「……それが、どうしたの？」

『主はその日から一ヶ月、ずっと眠り続けていたのだ。ようやく、あの件の報告が纏まりそうだったし、そろそろ起きる頃かと思って主の元を訪れていたのだが……』

『その様子だと、全く覚えていないみたいね？』

「ん。記憶にない」

はっきりとそう言うと、クロはがっくりと項垂《うなだ》れた。

「……ごめんなさい。次は、ちゃんと聞くから」

『いや、主が謝ることではない。一応主の耳に入っていたほうがいいと思っただけで、我らだけでも処理できる問題だったからな』

私が眠り続けていても、街は問題なく機能する。

それはクロ達フェンリルのおかげ。四匹が居れば、大抵のことは大丈夫だと思って任せている。

「でも、聞きたいな」

クロ達が危険なことになったのは、あれが初めてだった。

この次も同じことが起きちゃった時のために、みんなと一度、よく話し合わなくちゃいけないなって、そう思っていたから。

でも、どうしよう。

きっと報告したいことは沢山あるはず。それを全部聞くのは多分、無理。

「……そうだ。私が質問する。答えて？」

『ああ、承知した。そちらのほうが主も興味が湧くだろうからな』

あの時、私はすぐに眠っちゃった。

だからその後のことは何も知らなくて、色々と気になっていたことがあるんだ。

「あの眼鏡は？」

『死んだ。主が眠った後、他の人間がやって来るのを警戒していたのだが、それもなかった。どうやら奴が言った通り本当に一人で来たらしい。余程、自分が作った結界に自信があったのだろうな』

「…………あの結界、すぐに壊れたよ？」

私の力が宿っている剣でも、もう少し耐えられると思っていた。

でも、紙粘土みたいな柔らかさだったから、拍子抜けしちゃったのを覚えてる。

『この場合、誰が規格外なのかを教えたほうがいいのだろうか？』

『別にいいんじゃない？　本人が自覚していないし、クレアちゃんなら悪用もしないでしょ』

『姫様は良い子だからね。いざという時は俺達が止めれば大丈夫だと思う』

『クレア様の好きにさせるべきだ』

みんな、コソコソと何を話しているんだろう？

不安になって私が首をかしげると、みんなは『なんでもない』って笑った。なんかモヤモヤするけれど、大丈夫なら……まぁいっか。

「あの三人は、無事？」

『治療が得意な奴に頼んで癒してもらった。……とは言え、酷い状態だったからな。長いリハビリが必要だったが、もう普通の生活を送れるまでには回復している』

「そっか、なら良かった」

クロの意識を通じて三人の様子を見た時、胸の奥が痛くなった。

これがなんなのかは分からなかったけれど、居ても立っても居られなくなったのは本当だから……回復したなら、安心。

「あれから、人間達は何かしてきた？」

『不気味なほどに大人しくしている。おそらく、主の最終通告が効いたのだろう』

「………？」

私、なんて言ったんだっけ？

何かを言ったのは覚えている。でも、内容までは……ん～、思い出せない。

『でも、どうしてあの嫌味ったらしい眼鏡は一人で来たのかしらね？　普通は油断していても護衛くらいは連れてくると思うけれど……』

『理由は三つある。一つは、あの男が手柄を独り占めしようとしたこと。もう一つは二つの結界に絶対的な自信を持っていたこと。最後の一つは――国の作戦だ。予想していた通り、人間どもは眼鏡を通じて遠隔視の魔法を使っていた。ならば、被害は最小限にしたほうが得策だろう。それらの利害が一致したことで、あの男は一人だったらしい』

と、ラルクは説明してくれた。

すごく詳しい。まるで調べてきてくれたみたい――って、まさか？

「ラルク、またあの国に行ったの？」

『はい。敵の動向を知ることも大切ですので。現在も警戒は続けています』

「でも、危険……じゃないの？」

『問題ありません。あの時、我々は失態を犯しました。間抜けと罵られても言い返せぬほどに。……ですが、二度目の失敗はありません。どうか我々を信じていただきたく』

ううん、そういうことじゃない。

私は怒っていない。失敗は誰にでもあるから。

それに、まさかクロ達、フェンリルを無力化できるほどの結界を、人間が開発しているとは誰も予想できていなかった。

みんなは悪くない。悪いのは全部、あの眼鏡だから。

『――主』

すごく真剣な声。

私は嫌な予感を隠せずに、小さく頷いた。

『我らは甘かった。主の目指す平和を永遠に築けると思っていた。……だが、今回のことでそれは難しいと分かった。現実はそう上手くいくものではない』

「…………」

『我らは主のため、主が望む悠久《ゆうきゅう》の睡眠を得るため、時には戦うことも必要だと判断した』

「………………」

私のお願いのために、みんなが戦うことになる。

また、あの時みたいに危険なことが、起こるかもしれないんだ。

『そんな悲しそうな顔をしないでくれ。主は我らにも替えがないと思っているのだろう。我らもそれを無視はしない。だから、もう失敗しない。二度と不安にさせない。人間だろうと油断せずに最善を尽くせば、我らは大丈夫なはずだ。主との契約もあるからな。簡単には死なないさ』

「……でも」

『言いたいことは分かる。だが、我らにも譲れないところはある。どうか、他ならぬ主自身のために我らを使ってくれ。主の居場所を作るためならば、我らは喜んで戦うと誓おう。これは我だけではなく、街に住む者の総意だ』

ずるい。

その言い方は、ずるいよ……。

『すまない。信じてくれ』

「…………」

『主』

「……わかっ、た……」

私はずっと、その言葉を引きずり続ける。

これでまた失敗した時に、ほらダメだったじゃんって言ってやる。

何度も何度も、声が枯れるまで責め続けてやる。……絶対に、言ってやるんだ。

『ありがとう。主』

「謝らないで。……だって、私はまだ……あの時の失敗を許していないもん」

『…………ん？』

クロは意地悪だ。

それなら私だって、仕返ししてやる。

「これから一ヶ月、四匹は絶対に私から離れちゃダメ」

『は、いや……それでは様々な業務に支障が』

「ダメ。これはお仕置き。私との約束守れなかった。失敗、したよね?」

『ぐぅ……』

クロが焦ってる。すっごい変な顔。

うん。いい気持ち。

『いいじゃないの。私は喜んで罰を受けるわよ?』

『むしろ、一ヶ月も姫様のところに居ていいの? 何それ最高じゃん』

『俺は、どっちでもいい。だが、クレア様の命令ならば仕方がないな』

シュリ、ローム、ラルクは喜んでお仕置きを受け入れてくれた。

ん? でも、お仕置きなんだから喜んだらダメなんじゃゃ…………んー、まぁいいや。細かいことは分からないし、私が「お仕置き」だと言ったら、それはお仕置きになるんだ。

『お前達! ……くっ!』

「後はクロだけ」

『だが、それでは……この街が』

「聞いてくれなきゃクロのこと——嫌いになる」

そう言った瞬間、金切り声みたいな変な音が聞こえた。

それはクロの悲鳴だった。

悲鳴にならない悲鳴ってやつ? 初めて聞いた。

『あ、あああ主! そそそれだけけけは、どうか……!』

「知らない。私はもう寝る。シュリ、ローム、ラルク。こっちきて? 一緒に寝よう?」

『もちろん！　ああ、一ヶ月もクレアちゃんを味わえるなんて、天にも昇る思いよ！』
喜んでもらえるのは嬉しいけど、味わうはなんか嫌だ。
あと、昇らないで。困っちゃうから。
『真ん中は日替わりだぞ！　昨日はラルクがやったから、今日は俺だから！』
ローム、私を取り合わないで。
『頑固者は辛いな』
ラルク、もっと言ってあげて。
『………………………、…………る』
「ん、なに？」
『我も、主と寝る！』
クロが飛び込んできた。
本当に、素直じゃないなぁ……。
『あっ、このやろう！　姫様の真ん中は俺だぞ！』
『うるさい！　我が総司令だ。我が最優先なのだ！』
『ちょ、それはズルでしょ！　独裁反対！』
『ええいうるさい！　文句があるならば力ずくで奪ってみるがいい！』
『やってやろうじゃん！　クロ！　表出ろ！』
「うるさい」
『『…………はい、すみませんでした』』

これで静かになった。
「ん、しょ……」
私はようやく、もふもふの中に沈むことができた。
ああ、やっぱり……これが一番好き。
みんなと一緒に、みんなのもふもふを感じながら、ゆっくり眠る。
ずっと、これが続けばいいのにな。
ずっと、この生活を楽しめればいいのにな。
『おやすみ、主』
頭上から、クロの声が聞こえた。
私はもう限界で、その言葉に頷きで応える。

おやすみなさい、クロ。
おやすみなさい、みんな。

私は目を瞑って、微睡みの中に沈んでいった。
深く、深く……満足するまでずっと、みんなと一緒に眠り続けた。

あとがき

こんにちはこんばんは。皆様初めまして、白波ハクアと申します。

この度は『ある日、惰眠を貪っていたら一族から追放されて森に捨てられました（以下略）』を手に取っていただき、誠にありがとうございます。


「あー可愛い女の子を鑑賞してぇ」と軽い気持ちで書き始めた本作。小説ウェブサイトのランキングをうろちょろしていたところをBKブックス様に拾っていただき、こうして書籍化デビューに至ることができました。

私が思う最強の可愛いを詰め込んだクレアはいかがだったでしょうか？

個人的には彼女の魅力を余すことなく表現できたと自負しており、皆様にもクレアというキャラを気に入っていただけたら嬉しいです。――もちろん！　作品全体を好きになってくれたらもっと嬉しいです！

さて皆様。ここで一度、表紙に戻ってみてください。

……見ました？　確認しました？　無警戒の欠伸とか開いた口から覗く八重歯とか可愛いさを増幅させているフリフリのお洋服とか。フェンリルが側に寄り添っているからこそ安心して堂々と野原に座り込むクレアのあどけなさったらもう……もはや「最高」以外の言葉が見つかりません。

そんな私が詰め込んだ可愛いの理想形を仕上げてくださったのは、今回イラストを担当してくださったまさよ先生です！

ラフの段階から素晴らしいイラストを手掛けてくださり、キャラデザや表紙絵が届くたびに私はニヤニヤが止まりませんでした。その時身近に居た知人からは「笑顔が気持ち悪い」と不審者扱いされましたが、何か変なことでもあったのでしょうか？　不思議ですね（すっとぼけ）。

まさよ先生はクレアだけではなく、クロやシュリといったフェンリル、周りのキャラ達も素晴らしい出来に仕上げてくださりました。

何ですかあれ。私が想像していた以上にフェンリル達がカッコ良くなっているとかズルいでしょう。あの黒と紫の配合と緑色の爪。なんともまぁ毒々しい姿になっちゃって……最初に見た時はすごすぎて言葉を失いました。無意識に「ふわぁ」って声出たのは初めてですよ私。

本当にありがとうございました。


っと、少々熱く語り過ぎてしまったので、そろそろ謝辞を。


ウェブ上での連載中にお声掛けくださったBKブックス様。初めての書籍化作業で戸惑っていた私をサポートしてくださった担当編集様。本当にありがとうございます。今後も色々とご迷惑をお掛けすると思いますが、末永くお付き合いいただけたら幸いでございます。

そしてイラストを担当してくださったまさよ先生。改めて素晴らしいイラストをありがとうございます。初めてのお仕事でご一緒できたのがまさよ先生で本当に良かったと、心の底からそう思います。

最後に、本書を手に取ってくださった皆様。ここでお会いできたことに感謝を。次にお会いするのは二巻にて。またいつか、必ず会えることを楽しみにしています。

あとがきを最後まで読んでいただき、本当にありがとうございます！　それでは！

BKブックス

ある日、惰眠を貪っていたら一族から追放されて森に捨てられました

そのまま寝てたら周りが勝手に魔物の国を作ってたけど、私は気にせず今日も眠ります

2021年6月20日　初版第一刷発行

著　者　白波《しらなみ》ハクア

イラストレーター　まさよ

発行人　今 晴美

発行所　株式会社ぶんか社
〒102-8405　東京都千代田区一番町29-6
TEL 03-3222-5150（編集部）
TEL 03-3222-5115（出版営業部）
www.bunkasha.co.jp

装　丁　AFTERGLOW

編　集　株式会社 パルプライド

印刷所　大日本印刷株式会社

定価はカバーに表示してあります。乱丁・落丁の場合は小社でお取り替えいたします。

本書の無断転載・複写・上演・放送を禁じます。

また、本書のコピー、スキャン、デジタル化等の無断複製は著作権法上の例外を除き禁じられています。

本書を代行業者等の第三者に依頼してスキャンやデジタル化することは、たとえ個人や家庭内での利用であっても、
著作権法上認められておりません。本書の掲載作品はすべてフィクションです。実在の人物・事件・団体等には一切関係ありません。

ISBN978-4-8211-4594-2
©Hakua Shiranami 2021
Printed in Japan